AF191476

Herstellung: Books on Demand GmbH, Norderstedt

ISBN 3-8311-0933-8

Konrad Losch

DAS GRILLENFEST

Geschichten

I

Ein Hofraum mit Scheune

und ein weitläufiger Garten mit Beeren- und Haselnußsträuchern, mit Obst- und Walnußbäumen bildeten Baldwins Reich, das er fast täglich durchstreifte, in dem er erntete, was die Jahreszeit hergab, und das ihm Gelegenheit bot, Blindschleichen, Schnecken und Vögel zu beobachten, solange ihm danach war.

Zu seinen Tummelplätzen zählte zudem ein Durchgangsraum, der zum Hof führte und abends mit einer Eichentüre verschlossen wurde. In dem befand er sich, als sich hinter dem weit entfernten Gartentor ein unförmiger Schatten abzeichnete, der sich als aufrecht stehender Bär entpuppte, größer als das mannshohe Gartentor. Der Bär machte sich an dem Tor zu schaffen, das eingeklinkt, aber nicht verschlossen war - Baldwin wußte von vornherein, das Tor würde für den Bären kein Hindernis bedeuten. Und so geschah es auch: Der Bär zwängte sich durch das Tor und kam mit der Sicherheit dessen, der sein Ziel kennt, über den Gartenweg auf den Hof zugewatschelt.

Unfähig, sich zu regen, und schweißdurchnäßt verfolgte Baldwin den Weg des Bären, der jetzt den Hofraum durchquerte und sich dem offenen Eingang näherte. Nur noch wenige Schritte entfernt und gewaltig sich aufrichtend, dieser Anblick riß Baldwin aus seiner Ohnmacht: er warf die Türe zu und schob den Eisenriegel vor, der so mächtig war, daß kein Mensch die Türe hätte öffnen können, auch nicht mit Gewalt. Zusätzlich konnte er noch den Schlüssel umdrehen, gerade in dem Moment, als der Bär schnaubend an der Türe kratzte. Der Bär warf sich gegen sie bis sie splitterte und krachend nachgab, wälzte sich herein, Baldwin sah in glitzernde Augen, sah Speichel triefen aus einem riesigen Rachen.

Kurz vor acht

An einem frühen Morgen stand Baldwin am Rande eines weiten Platzes, der umsäumt war von gleichförmigen Gebäuden. Merkwürdigerweise war der Platz menschenleer, jetzt zwischen sieben und acht Uhr, während einer Zeit also, in der die Menschen üblicherweise zur Arbeit eilen. Er war dabei, den Platz zu überqueren, als er sich erneut wunderte: Mitten auf dem Platz stand eine Kloschüssel aus weißgelblichem Steingut oder aus Porzellan, so wie sie jeder kennt, ohne Klohäuschen drumrum und ohne Bretterwand. Mitten auf dem Platz, als ob der Platz nur dazu da sei, vielleicht nur dazu entworfen sei, um in seiner Mitte ein unbehaustes Klo aufzustellen. Nackt und dennoch geheimnisvoll bot es sich dar, im Unterschied etwa zu fast allen Schlößchen, die von einem Park umgeben werden, ohne den sie gar nicht denkbar wären.

Angetan vom Reiz der Stunde und des Ortes betrachtete er sinnend die Kloschüssel und gewahrte in ihr einen breiten, dicken Schmutzrand von unbestimmbarer Beschaffenheit, jedoch nicht stinkend. Und wie er den Schmutzrand so besah, wuchs in ihm das Bedürfnis, ihn zu entfernen. Mit einem flachen Gewehrkolben stieß er in ihn hinein und mit einem Stiel, so ähnlich wie ein abgebrochener Besenstiel, stocherte er nach. Nach einigen Mühen lösten sich größere Teile und schwammen ab. Nach und nach kriegte er das Klo weitgehend sauber, zumindest war der dicke Schmutzrand verschwunden, auch wenn Verfärbungen und Ränder geblieben waren. Zufrieden wie einer, dessen Werk im großen und ganzen gelungen ist, säuberte er die Stiele - er hatte im Laufe des Stocherns mehr als einen benutzt -, indem er sie in das fließende Wasser in der Kloschüssel hielt und drehte. Jetzt erst streifte ihn die Empfindung, das könnte nicht ganz appetitlich sein, doch verflüchtigte sie sich sogleich.

Auf dem weiten, mit Kopfsteinpflaster belegten Platz regte sich noch immer nichts, obwohl inzwischen zu all den Werktätigen die Schulkinder sich hätten gesellen müssen. Die Leere wurde zunehmend unfaßbarer. Wobei ihn jedoch keine Angst überkam, nur abgrundtiefes Staunen. Bis sich Licht und Luft kaum merklich änderten - und doch jemand erschien: Es war Theodor, mit dem ihn über die frühen Kinderjahre hinweg eine enge Kameradschaft verbunden hatte. Er fragte Theodor, wie spät es sei. Kurz vor acht. Sein Erstaunen über das fehlende Leben verstärkte sich noch.

Noch ein Stockwerk

hatte Baldwin zu säubern, das siebte. Früher war es ein einziges Gebäude gewesen, das sich über bald fünfzig Meter Straßenfront erstreckt hatte. Doch hatte einer der beiden Erben seine Hälfte abreißen lassen, um sein Grundstück neu und höher zu bebauen. Baldwin sollte die an der Abbruchseite des verbliebenen Hausteiles herausstehenden Kabel und Leitungsrohre entfernen. In Höhe des siebten Stockwerkes ragten zwei Eisenträger heraus, die ein Stück Fußboden hielten und einen Rest der Außenwand der ansonsten abgebrochenen Haushälfte. Diese Reste bildeten zusammen mit der Wand der stehengebliebenen Hälfte eine Nische, die, von weitem gesehen, in der Luft zu hängen schien.

Mittels eines Kranes wurde er in die Nische gehoben. Mißtrauisch prüfte er den Boden: Alles fest. Der Kran schwenkte ab, unter ihm nichts als sechs Stockwerke tiefer ein Trümmerplatz. Auf einem Wandbrett gewahrte er ein Telefon, unbeschädigt, sein Kabel verschwand in der Wand. Er wischte den Staub ab, ob man von hier aus noch telefonieren konnte? Hier ist Baldwin, könnte er sich beim Chef - oder bei seinem Vater - melden. Von wo aus rufst du denn an, würde der fragen. Von der Amannstraße 39. Von wo? Amannstraße 39. Die steht doch gar nicht mehr, die ist doch abgerissen. Ja sicher, sie ist abgerissen, nur oben im siebten Stock, da hängt noch ein kleiner, nichtabgerissener Rest, und zufällig ist da auch ein Telefon übriggeblieben, das angeschlossen ist.

Er nahm den Hörer ab, hielt ihn ans Ohr während er an einer Zigarette zog. Hatte es getutet? Bei dem Straßenlärm war nichts auszumachen. Die abgerauchte Zigarette schnippte er hinunter und zündete eine neue an: Recht gemütlich hier im siebten Stock, nach zwei Seiten und nach oben freier Ausblick und unter ihm nichts als ein parkettbelegter Fußboden, gerade groß genug, um bequem darauf zu hocken und die Beine auszustrecken. Und darunter ein Trümmerplatz. Wen könnte er anrufen? Seine Schwester vielleicht? Sicher nicht zu Hause. Wen noch? Sein bevorstehender Feierabend fiel ihm ein, und daß er bis dahin seine Arbeit hier erledigt haben mußte. Nun ja, war nichts zu machen, auch das Telefon mußte weg. Er fand in seiner Arbeitstasche die Drahtzange, überblickte beiläufig die Baustelle und erschrak: Der Kran, der ihn hergehievt hatte, stand still, und auf der Baustelle war niemand mehr zu sehen. Seine Armbanduhr zeigte zehn Minuten nach Feierabend. Sie hatten ihn einfach vergessen, während er in der Nische gesessen und offenbar nicht auf die Zeit geachtet hatte. Schreien? Aus dieser Höhe und bei diesem Straßenlärm hätte niemand ihn hören können. Das Telefon? Er preßte den Hörer ans Ohr, so lange, bis er sicher war, es war nicht mehr angeschlossen.

Mit und ohne Bus

Er gelangte in eine unabsehbare Sandkuhle. Es strengte ihn an, in ihr Stunde für Stunde weiterzutrotten an einem so heißen Tag. Aus einer einsamen, verwitterten Hütte hörte er Bauhandwerker, deren Stimmen in der Hitze flirrten, als ob es nichts anderes gäbe als Hitze, immerzu und überall. Seine Schuhe füllten sich mit Sand, unten gab er nach, der Sand, und oben lief er hinein. Gehen und wenig vorwärtskommen, Schritt für Schritt, nur noch Last des Augenblicks, ab und zu begleitet von Phantasien, die un-gezügelt schweiften, weil der Sand so weit und unver-stellt.

Er erreichte die Haltestelle "Sandkuhle" und stieg in den wartenden Bus. Sein Gepäck legte er ins Netz, eine Reiseschreibmaschine, nur 2,6 kg hatte im Prospekt ge-standen, dazu eine Tasche mit Brot, Käse und Tomaten. Immer mehr Leute stiegen zu, das Gedränge wurde zu-nehmend lästiger und ließ ihn überlegen, sollte er die rest-liche Strecke besser gehen? Denn von hier aus bis nach Hause war es nicht mehr sonderlich weit. Diese dicke und reibende Luft im Bus, "Könnt´ ich mal" und "Moment bitte" und unwilliges Brummeln und mürrische Blicke, hin-ter denen Aggressionen faustdick lauerten. Er sehnte sich nach Antilopen und Zebras - wie wohltuend, wären an-statt der Menschen Antilopen und Zebras im Bus, viel-

leicht noch Häschen dazu und Rehe. Im inzwischen ge-
drängt vollen Bus suchte eine an ihrem Hut erkenntliche
Dame einen Platz. Er stand auf, doch hinter ihm war ein
Platz freigeworden, so setzte er sich wieder. Sollte er nicht
doch seine Maschine - 2,6 kg - und das Päckchen nehmen
und zu Fuß gehen? Die Menschen drückten und
quetschten. Er ließ sein Gepäck im Netz liegen und
drängte sich zur Türe durch. Den Schaffner, den er gut
kannte, würde er bitten, das Gepäck bei seiner Wirtin ab-
zugeben, was dieser schon des öfteren getan hatte, denn
der Bus hielt gerade vor der Haustüre. Für ein hübsches
Trinkgeld, wie üblich. Er stieg aus, griff in seine Jacke,
konnte jedoch kein Markstück finden. Er durchstöberte
eine Tasche nach der anderen, eilig, um den an der Türe
stehenden Schaffner, der sicher gleich ins Wageninnere
zurück mußte, noch ansprechen zu können. Wieder ein-
steigen und drinnen Geld wechseln? Seine Hände ließen
sich nicht abhalten, weiter zu suchen. Sie griffen noch in
seine Taschen, als der anschwellende Lärm des Motors
ihn aufsehen ließ: Der Omnibus fuhr bereits.

11

Das Riesenrad

Winfried schlenderte mit Rosalie über den Jahrmarkt. Er liebte die glitzernden Lichterbahnen, den Lärm aus Schlagerfetzen, Drehorgelklängen und kreischenden Mädchen in Achterbahnen, und nicht weniger die lautsprecherverstärkten und dennoch heisergeschrieenen Stimmen der Ansager, die ein spottbilliges Wunder versprachen oder mehrere gleich. Seine besondere Vorliebe aber hatte schon immer dem Russischen Rad gegolten, das ihn abhob von der Erde, das entrückt ihn schweben ließ und ihn zurücktrug mit einem angedeuteten Kitzel im Magen, aber nur, um erneut ihn aufsteigen zu lassen.

"Gehen wir noch in eine Disco?" schlug Rosalie vor. "Noch einmal fahren?" bat Winfried. Wortlos reichte er dem Kassierer Geld und wartete geduldig, während Rosalie ihn anschaute und stumm an die Disco erinnerte.

Tags darauf ging Winfried allein zum Rad und zahlte für zehn Fahrten auf einmal. Beruhigt stellte er fest, das Riesenradfahren wirkte tagsüber kaum anders auf ihn als bei Dunkelheit, nur seine Phantasie mochte nachts noch stärker angeregt werden. Behaglich brannte er seine Pfeife an: Hübsch anzusehen, wie der Rauch sich beim Aufsteigen der Gondel erdwärts zog und bei deren Absinken eilig nach oben entschwand. Frei fühlte er sich und fast so schwerelos wie der ziehende Rauch. Er entnahm seiner

Tasche einen Notizblock und brachte zum ersten Mal in seinem Leben Eigenes zu Papier. Dabei sah er einen Luftballon aufsteigen, höher und höher, verlor ihn jedoch aus den Augen, als die Gondel sich wieder der Erde zubewegte.

Der Jahrmarkt samt Riesenrad verschwand und Winfrieds Hochgefühl mit ihm. Er wirkte verstimmt und redete nur noch das Nötigste. Sein Vater zeigte sich unwirsch über die Launen seines Sohnes - dem geht es zu gut, das ist alles -, seiner Mutter jedoch konnte er sich anvertrauen. Und während er das tat, begannen seine Augen zu leuchten, es war ihm etwas Wunderbares eingefallen: Am liebsten würde er einige Tage nach Wien verreisen, um im Prater Riesenrad zu fahren. Ob sie beim Vater ein Wort für ihn einlege?

Seine Mutter tröstete sich mit der Hoffnung, Winfried werde seine merkwürdige Leidenschaft durch einen Aufenthalt in Wien wohl ausleben und dann vergessen können. Mit diesem Ausblick gelang es ihr tatsächlich, sein Anliegen beim Vater durchzusetzen, der allerdings murrte und drohte, sein Sohn solle sich besser eine Arbeit suchen und sein Brot selber verdienen, lange mache er solche Flausen nicht mehr mit.

Größer noch, als er sich vorgestellt hatte, war das Riesenrad im Prater. Seine Erregung wuchs beim Näherkommen und hielt an, nachdem er eingestiegen war und abhob. Des Praters gleißende Pracht floß über in den Lichterglanz der Stadt, der am Horizont die Sterne zu berühren schien. Winfried fühlte, wie sein Leben sich verdichtete und verströmte zugleich. Nie hatte er so recht verstehen können, was heißen soll, "eins zu werden mit dem All". Doch was er jetzt erlebte, mußte damit zu tun haben, mit einer beglückenden Übereinstimmung zwischen ihm und der Welt. Wenn sich das doch wiederholen ließe, so oft er wollte! Seine Gedanken schweiften, bis eine Eingebung ihn erleuchtete: Ja, das war´s - er mußte seine Eltern bewegen, zu Hause im Garten ein Rad bauen zu dürfen!

Wochen währte das Ringen um das Russische Rad im Garten. Nachdem er seiner Mutter unablässig zugesetzt hatte, versprach sie seufzend, sich beim Vater für ihn zu verwenden. Ob sie allesamt übergeschnappt seien, regte der sich auf und ließ nicht mit sich reden. Der Vater habe auch gesagt, was die Leute wohl dächten, würde soetwas Komisches im Garten aufgestellt. Man könne das Rad doch auch für das Kind seiner Schwester errichten, das unterwegs sei, blieb Winfried hartnäckig, und überhaupt für alle Kinder, die gelegentlich zu Besuch kämen, auch die Kinder der Nachbarn könne man mal einladen, ein Spielzeug also, vielleicht ein etwas außergewöhnliches - aber stellten sich nicht andere, die das Geld dafür hatten, Skulpturen in ihren Garten, die Zehntausende und mehr kosteten und oft kaum einem Menschen gefielen? Während das Rad als Kinderspielzeug jedem verständlich wäre und einem guten Zweck diene. Im Grunde sei es nichts anderes, als stelle jemand eine übergroße Schaukel auf, nur sei das Rad origineller, gewiß würden die Leute es bewundern.

Diese Begründung, von der Mutter vorgebracht, überwand des Vaters Widerstand. Und nach wenigen Wochen war das Rad fertig. Mit zwei Gondeln, eine diente dem Aufenthalt, die andere erbrachte unausgebaut das nötige Gegengewicht, beide mit einer Grundfläche von annähernd zwei mal drei Metern. Die dem Aufenthalt dienende Gondel hatte Winfried als Kabriolett entworfen: Das Dach bestand aus einem zurückklappbaren Stoffverdeck, und die Fenster konnte man herunterkurbeln. Innen eine Liege, Schreibtischchen, Stuhl und Bücherbord, ein Ölofen sowie Vorhänge für alle Fenster.

Im Wohlgefühl, es vollbracht zu haben, streckte er sich abends auf der Liege aus, schlief ein und bemerkte erst am anderen Morgen, daß er sich noch immer in der kreisenden Gondel befand. Er konnte sich nicht erinnern, in letzter Zeit jemals so gut geschlafen und so angenehm geträumt zu haben. Warum also sollte er nicht gelegentlich in der Gondel übernachten? Er zündete sich eine Pfeife an. Kaum hatte er ein- oder zweimal gegen das knapp geöffnete Fenster gepafft, mußte er dringend zur Toilette.

Das hatte er beim Entwurf des Rades nicht bedacht, gestand er sich ärgerlich. Ein unauffälliges Häuschen bauen, von Sträuchern abgedeckt? Würden seine Eltern nie gestatten. Ein Klosett einrichten in der Gegengondel? Dann müßte ein Behälter weggebracht und geleert werden, ein widerwärtiger Gedanke. Oder ein Anbau an die Wohngondel? Mit Schiebetüre und eigener Entlüftung? Und unmittelbar unter der Gondel eine Grube ausheben? Also: Anhalten über der Grube, angebautes Klo benutzen und, verflixt, es stinkt aus der offenen Grube. Ha, die Grube mit einer Wasserspülung versehen und an die Abwasserleitung des Hauses anschließen! Phantastisch!

So geschah es und funktionierte vorzüglich. Daß er, nachdem er zwei oder drei Nächte nicht mehr in der Gondel übernachtet hatte, in ihr einen fremdartigen Geruch bemerkte, konnte kaum mit der Toilette zusammenhängen, es war ein andersartiger Geruch. An ihn erinnerte er sich, als er abends die Gondel betrat, Licht anmachte - und auf der Couch eine männliche Gestalt sah, die sich soeben erhob, ein Schwarzer. "Sorry", sagte der schuldbewußt, "ich verschwinde schon."

"Was - was tun Sie hier?"

"Oh, tut mir leid, wollte ein bißchen ausruhen, verschwinde schon." Auffallend große, glänzende Augen, in denen Winfried Hilflosigkeit und Trauer zu entdecken glaubte. Mitgefühl überkam ihn. Ob er schon mal hier gewesen sei? Ja, sagte der Schwarze, er habe hier mal übernachtet. Er spürte Winfrieds Stimmungswandel, lächelte jetzt. Nach seinem Deutsch zu urteilen, müsse er schon länger hier leben? Er sei in der Army gewesen, alles in allem schon drei oder vier Jahre hier, und deutsche Girlfriends und deutsche Musiker kennengelernt, er deutete auf einen Sack, er heiße Joe. Winfried schluckte und sagte: "Winfried." "Winfried? Winny? Okay." Winfried kramte Bier hervor, und als Joe ging, waren sie Freunde geworden. Er müsse jetzt Musik machen, sagte Joe, Winny solle ihn doch mal besuchen dort.

Nach Tagen ging er in die angegebene Disko, eine DreiMann-Band aus Farbigen hatte gerade Pause. Joe kam strahlend auf ihn zu, klopfte ihm auf die Schulter und stellte ihn den beiden Musikern vor: "My friend Winny!" Noch selten hatte sich Winfried so gelöst und so wohl gefühlt wie während dieser Disco-Nacht. Überwiegend Farbige, herzlich und selbstverständlich, unbeschwert - und tanzen konnten die, tanzen..., Weiße wirkten ihnen gegenüber wie lahme Gliederpuppen, die sich in etwas Fremdem versuchten. Eine wunderbare Nacht. Er lud Joe ein, ihn in der Gondel zu besuchen.

Rosalie traf er seltener. Er halte sich oft in der Gondel auf. Allein? Natürlich allein. Ihm schien, als könne Rosalie seine Vorliebe für die Gondel nicht verstehen. Wie er sich das vorstelle, wenn er mal mit einer Frau zusammenlebe, ob er sich dann auch von abends bis morgens in einer Gondel aufhalte? Oder solle die Frau dann mitfahren?

Nach einer unruhigen Nacht entschloß sich Rosalie,

trotz des Regens zum ersten Mal einen Blick zu werfen auf dieses Rad. Sie staunte: Ein Riesenrad, das sich mit gelassener Ruhe drehte und zwei Gondeln spielerisch hob und senkte. Das Rad kam zum Stehen, nachdem die verglaste Gondel ihren tiefsten Punkt erreicht hatte. Sie nahm an, Winfried habe sie gesehen und das Rad angehalten. Doch stieg niemand aus. Statt dessen hörte sie ein Rauschen unter der Gondel, wonach das Rad sich wieder in Bewegung setzte. Sie rief nochmals und klopfte schließlich gegen die herbeischwebende verglaste Kabine. Da endlich zeigte sich Winfried am Fenster, das sich öffnete, während die Gondel wieder zu ihrer Aufwärtsbewegung ansetzte.

"Hallo, grüß´ dich, nett, daß du mich besuchst", rief er und fügte, auf Rosaliens Höhe zurückgekommen, hinzu: "Warte noch, das Rad muß erst auslaufen", womit er langsamer als zuvor wieder nach oben entschwand. Noch ehe die zurückkehrende Gondel stillstand, hüpfte er heraus.

"Na, gefällt es dir, das Rad? Man hat von oben wirklich einen hübschen Ausblick", fuhr er lebhafter werdend fort, "und die Gondel ist gemütlich eingerichtet wie ein wohnliches Zimmer mit Radio und..., hier schau!" Rosalie warf einen Blick in die Gondel und sagte:

"Nun laß uns hinübergehen ins Haus."

"Aber warum denn nicht in die Gondel, sie ist geheizt. Ich..."

"...es ist mir nicht danach, und außerdem ist ein Bett aufgedeckt."

"Das kann ich sofort verschwinden lassen, ist dann eine ganz normale Sitzgelegenheit..."

"...nein, ich mag jetzt nicht." Winfried spürte, zwischen ihm und Rosalie hatte sich eine Kluft aufgetan, die sich unaufhaltsam vertiefte, während sie im Nieselregen vor der Gondel standen.

"Ich kann so nicht", sagte er vor sich hin und deutete auf seine Holzpantinen. Rosalie ging.

"Ach Rosalie, komm, ich kann doch Schuhe anziehen...", rief Winfried ihr hinterher. Doch umsonst, Rosalie ging.

Und Winfried kehrte in seine Gondel zurück, schwebte Stunde für Stunde, noch tiefer in Gedanken als sonst, schwebte bis zum anderen Morgen. Als Einsiedler der Lüfte, wie er sagte.

Joe besuchte ihn, oder sie sahen sich in der Disko. Eines Abends sagte Joe, er habe im Moment keine Unterkunft, ob er ein paar Tage in der Gondel schlafen könne. Nach deren Ablauf verschwand er während einer Zeit, in der Winfried seiner Arbeit nachging. Auf dem Tisch in der Gondel fand er Blumen in einer Konservendose und eine Kasette mit Musik von Joe. Joe hatte ihm anvertraut, er habe Sehnsucht nach New Orleans, sobald er das Geld beisammen habe, wolle er in die Staaten fahren, er würde sich riesig freuen, würde Winny ihn dort besuchen. Noch nie, fiel Winfried ein, hatte er mit jemand ein so herzliches Verhältnis gehabt. Mit seiner Mutter? Sicher, sie würde vieles oder alles für ihn tun, doch strahlte sie nicht entfernt die Wärme aus, die Joe ihm entgegenbrachte. Ja, so war es wohl, und so war es wohl schon immer gewesen, auch wenn es ihm nie aufgefallen war. Und das restliche Geld für seine Reise würde er ihm schenken.

Seine Mutter dachte besorgter noch als sonst über ihren Sohn nach, als der Gärtner ins Haus stürzte und schrie: "Gnädige Frau, gnädige Frau!" Sie trat aus ihrem Zimmer, ungehalten über das laute Betragen des Bediensteten. Die Gondel, in welcher der junge Herr sich befinde, keuchte der Gärtner, sei durch die Luft geflogen und auf der Erde aufgeschlagen.

Die unverglaste Gondel hing im Tiefpunkt des Rades und schwang gleich einem Pendel hin und her, die andere lag zertrümmert im Gras. Die Mutter riß sich die Hände blutig, ein Gärtnergehilfe und eine Hausangestellte eilten herbei, Holzteile und Glas flogen zur Seite, Metallstreben wurden weggedrückt, Winfrieds Bein kam zum Vorschein. Sie befreiten seinen Körper, hoben ihn vorsichtig auf und legten ihn ins Gras, in zerrissener Kleidung und mit blutendem Kopf.

Ein Arzt kniete nieder, faßte den Puls, ließ die Hand wieder los, die ins Gras zurückfiel, und machte die Brust frei. Die Augen der Mutter irrten fiebrig. "So sagen Sie doch was!" fuhr sie ihn an. Der hielt sein Stethoskop unbeirrt gegen Winfrieds Brust und wandte sich dann langsam um: "Das Herz schlägt noch, nur bewußtlos."

Während Winfried im Krankenhaus lag, erschien Joe bei seiner Mutter, es hatte ihn Überwindung gekostet, an diesem stattlichen Haus zu klingeln. Er sei ein Freund von Winfried, sagte er dem Dienstmädchen. Winfried läge im Krankenhaus, beschied die Mutter, er könne keinen Besuch empfangen. Auf dem Rückweg schaute Joe zu dem Rad, an dem nur noch eine Gondel hing, nicht die, in der er sich mit Winny so oft unterhalten hatte.

Die Mutter fand es merkwürdig, daß Winfried nach seiner Entlassung keinerlei Interesse für den Hergang des Unfalles zeigte. Ein Sachverständiger hatte angegeben, der Motor habe zum normalen Betrieb des Rades nur ein Fünftel seiner Leistung gebraucht, er sei überdimensioniert gewesen, und die Regelung für die Umdrehungsgeschwindigkeit sei aus unbekannter Ursache ausgefallen. Was sie dagegen nebenbei erwähnte, ließ Winfried aus seiner Teilnahmslosigkeit erwachen: Ein Farbiger sei dagewesen und habe nach ihm gefragt. "Oh - hat er eine Nachricht hinterlassen?" "Nein." Winfried ging in die Disko. Er sei nicht mehr da, sei in die Staaten gefahren, berichteten die Musiker.

Am meisten aber bekümmerte die Mutter Winfrieds

Schweigsamkeit. Besuchte sie ihn in seinem Zimmer, sah sie ihn regelmäßig in einem Sessel sitzen und abwesend vor sich hinblicken. Von sich aus sagte er meist nur, er wolle jetzt ins Freie, doch ging er dazu nie in den Garten. Manchmal verschwand er, ohne jemanden zu unterrichten. Seine Spaziergänge dehnten sich mehr und mehr, bis er nicht selten einen ganzen Tag von zu Hause wegblieb und erst wieder erschien, wenn es dunkelte.

Nach einem solchen ganztägigen Spaziergang erzählte er eines Abends - die Mutter war hocherfreut, daß er von sich aus das Wort ergriff -, er habe in letzter Zeit meist einen Schäfer besucht, der seine Herde unweit der Stadt weiden lasse. Morgen werde der Schäfer weiterwandern, er wolle mit ihm ziehen.

II

Irr und leise lachend

Er zerschnitt die Pizza, die auf der Herdplatte warm ge-
halten wurde. Denn gleich sollte Besuch kommen, und der
sollte teilhaben an ihr, und dazu sollte sie zerschnitten
sein. Das Stück für ihn war zu klein geraten, so schnitt er
zum Ausgleich von dem anderen Teil einen Streifen ab.
Der aber geriet zu groß, nein, so egoistisch wollte er nicht
sein, also zerschnitt er das abgetrennte Stück, um einen
Teil davon wieder dem Besucherteil zukommen zu lassen.
Unglücklicherweise löste sich dabei der dicke Rand des
abgeschnittenen Stückes, der nun für sich alleine lag. Den
konnte er unmöglich zu dem Besucherteil schieben, der
Besuch konnte sich dadurch zurückgesetzt fühlen, konnte
meinen, er sei nur den Rand wert, während er sich mehr
von der Füllung zugeschanzt habe. Also mußte er auch
den Rand zerschneiden. Und da begann das Ungemach:
Der Rand ließ sich nicht richtig zerschneiden, sondern
zerbröselte in größere und kleinere Stückchen. Um dem
Besucherteil ein Ausgleichsstück mit Rand zuschieben zu
können, schnitt er von dem ihm vorbehaltenen Teil einen
Streifen ab, doch auch dessen Rand zerbröselte. Ja, kaum
zu glauben, auch das Innere begann beim Schneiden zu
bröseln. Er schnitt zur Probe einen Streifen von dem Besucherteil ab, auch er bröselte. Das konnte doch nicht
wahr sein, eine Pizza bröselt doch nicht beim Zerschnei-

den, eine Pizza aus Hefeteig! Vielleicht handelte es sich
ausnahmsweise um eine Pizza aus Blätterteig - obwohl: Er
hatte noch nie eine Pizza aus Blätterteig gegessen, da war
er ganz sicher.

Indem waren Schritte auf der Außentreppe zu hören.
Er sah nicht durch das Fenster, da er voll und ganz und
nun in größter Eile mit dem Zuordnen der festen und zer-
bröselten Pizzateile beschäftigt war. Als er schließlich
doch aufblickte, sah er einen Frauenrücken an der Hauswand lehnen, sah eine geschwungene Rückenlinie, die sich
trotz des Dämmers klar abhob von der Hauswand, ir-
gendwoher mußte parallel zur Hauswand Licht einfallen,
das den Raum ausleuchtete zwischen Rücken und Hauswand. Die Frau trug ein dünnes, enganliegendes Som-
merkleid. Sie war von größerer Statur und ziemlich kräftig,
strahlte diese Art von Kraft aus, die entsteht, wenn ein
athletisch gebauter Körper etwas dicker wird, doch straff
bleibt. Die Frau hatte sicher jahrelang gegen Übergewicht
angekämpft - mit einem, wie es ausnahmsweise
vorkommt, wunderbaren Ergebnis: Die zusätzlichen
Pfunde hingen nicht schlapp an ihr herum, sondern waren
aufgearbeitet zu straffem Fleisch, das die Proportionen
ihres Körpers aufs Schönste verstärkte. Also nicht einneb-
nete, wie es in aller Regel der Fall ist, indem die Taille
verschwindet, der Hals dicker wird, der Nacken Polster
wirft, indem die Hüften breiter werden, und der Hintern
ebenfalls verkommt.

Manchmal, selten zwar, kann ein größerer Körperausschnitt all das auf einen einzigen Blick hin eröffnen. Ja, ihr Rücken zeigte noch viel mehr: Nämlich jenen rassigen Schwung, der nur temperamentvollen und vitalen Frauen zu eigen ist. Zudem war diese Frau genußfreudig, wie die dazugefressenen, aber bestens verteilten Pfunde offenbarten. Keine Frage: Eine Sinnenfurie, wenn sie losgelassen. "Mein Lieber, die zerreißt dich in der Luft!" pflegte sein Freund beim Anblick einer solchen Frau zu sagen. Zerreißt mich in der Luft. Wartete die Frau auf eine andere, die vielleicht nachkam? Oder lehnte sie nur so an der Wand, weil ihr die Umgebung gefiel? Oder weil sie Kommendes mit Spannung erwartete?

Er stand mit offenem Mund und weiten Augen in der Küche vor dem Herd, Gabel und Messer in den Händen, hatte die vor sich hinbruzzelnden Pizzateile vergessen, auf die er jetzt wieder einen Blick warf. Da fehlte Öl! Er ging in die Speisekammer, drückte auf den Lichtschalter: nichts, drückte nochmal: nichts. Obwohl das Licht immer funktioniert hatte. Einer der Momente, in denen man nicht nur überrascht ist, sondern zudem ahnt, das ist kein Zufall, dahinter steckt etwas.

Und dieses Gefühl verstärkte sich, als es klingelte. Er eilte in den dusteren Flur; draußen, vor der Haustüre, das konnte er durch deren Glaseinsätze sehen, war es ebenfalls duster. Die Haustüre stand einen Spalt offen, ohne daß er sie geöffnet hätte. Er riß die Türe auf - und in seinen Armen lag eine Frau, eine kleinere, eher zierliche Frau, keinesfalls die, die sich aus ihrem Rücken ihm eröffnet hatte. Weit weg hörte er vielstimmiges, meckerndes Gelächter, griechische Götter mochten so gelacht haben beim Anblick zutiefst erstaunter Menschen - auch er mußte lachen, konnte nicht mehr aufhören, zu lachen. Sah Pinien vor sonnenbeschienenen Quellen, denen Nymphen entstiegen, von Faunen umtanzt, während er in einem dunklen Flur stand, eine unbekannte Frau in den Armen hielt, die er schließlich losließ, immer noch irr und leise lachend.

Sie legte sich einfach hin

Vor ihm erhob sich ein Erdhügel, dessen Kuppe nicht breiter war als der Sitz eines kräftigen Stuhls. Auf dieser fand sie sich ein, in begieriger Erwartung, entdeckt zu werden. Ein Mann folgte ihr, der auf der Rückseite des Hügelchens heraufkletterte, und dessen schöner, bloßer Oberkörper nun zu sehen war.

Schon während der Mann sich näherte, legte sie sich hin, mit dem Gesäß auf den Scheitelpunkt der Kuppe. Kopf und Oberkörper neigten sich zu Baldwins Seite, ihre Beine zu der des Mannes. An dessen Bewegungen war zu erkennen, daß er sich an ihr zu schaffen machte, er zog etwas herunter, wohl ihre Jeans. Dann zog der Mann seine eigene Hose aus. Und streifte ihren Slip ab. Er war jetzt über ihr und näherte sich ihrem Schoß, jetzt mußte er in sie eindringen. Da richtete der Mann sich auf, Baldwin sah ihre Schamhaare und dahinter sein Glied aufstehen: er war nicht in sie eingedrungen. Vielmehr schaute der Mann ihn fragend an: Bist du einverstanden, daß ich mit ihr schlafe? Baldwin war überrascht, zögerte und verneinte dann, wortlos den Kopf schüttelnd. Der andere erhob sich und verschwand, als sei das selbstverständlich. Während Baldwin dachte: Wäre es nicht besser gewesen zu nicken?

Denn nein zu sagen, änderte nichts. Das begann er zu begreifen, als sie alle zusammen und noch ein paar Hin-

zugekommene den flach ansteigenden, sonnenbeschienenen Hang hinaufstürmten, Kobolde und Nixen. Sie mittendrin mit überschäumender Lebensfreude und einem der
Kobolde verheißende Blicke zuwerfend. Er war sicher,
hinter dem nächsten größeren Felsbrocken würde sie mit
dem Aufgeforderten schlafen, unverzüglich und ohne eine
Wort zu sagen.

Hinter dem Fenster

"Die ist doch eigentlich noch gar nicht so alt und sieht auch nicht schlecht aus - und steht immer hinter dem Fenster!"

"Ja, steht immer hinter´m Fenster."

"Aber in ihrer Wohnung soll alles picobello sein."

"Und läßt das Treppenhaus am pünktlichsten von allen machen."

"Man kann wirklich nichts sagen."

"Auch immer sauber angezogen."

"Auch das. Nur - warum steht die immer hinter dem Fenster?"

Ausflug mit Roswitha

Eigentlich fühlte er sich wohl unter seinen alten Freunden, gerne wäre er noch geblieben. Aber sie holte ihn ab, was sollte er machen, schließlich hatte er sich verabredet mit ihr. Der gleiche erste Eindruck wie beim Kennenlernen gestern: Ihr Gesicht war einfach zu alt für ihn, strahlte nicht den Reiz eines noch offenen Lebens aus. Obwohl - im Unterschied zu Hals und Gesicht, konnte sie eine Haut ihr eigen nennen, so glatt, daß jede Jüngere stolz gewesen wäre. Auch ihre Figur nötigte ihm Bewunderung ab, noch nie hatte er eine etwa vierzigjährige Frau getroffen mit einem solch bieg- und schmiegsamen Körper, wie der einer Zirkusartistin, die bis vor kurzem noch aufgetreten war.

Dazu ein einfarbiges Kleid, hell und unauffällig, auch eine erfahrene Boutiqengängerin hätte nicht auf Anhieb sagen können, ist es von Dior oder von der Stange. Ein Kleid, dessen Vorhandensein die meisten Männer erst dann bemerken, wenn sie es als überflüssig empfinden. Und ebenso unauffällig und selbstverständlich gab sie sich. Er ahnte, sie sieht mehr und ist intelligenter, als sie erkennen läßt, - nicht, um etwas zu verbergen, sondern um nicht aufzufallen. Vielleicht dritte oder vierte Generation aus einer Familie, die sich hatte halten können, wahrscheinlich war sie in Verhältnissen aufgewachsen, in denen Geld für die Kinder nie ein Thema gewesen war, wahrscheinlich hatte sie Eltern, die ein normal oder einigermaßen begabtes Mädchen studieren ließen, und das hatte sie sicher getan, weniger zum Zeitvertreib als aus Interesse. Und wahrscheinlich hatte sie weder Betriebswirtschaft noch Kunstgeschichte studiert, sondern eher etwas Naturwissenschaftliches, vielleicht auch Jura.

Sie spürte seinen Abstand, spürte, er war nicht der Romeo, der Julia erobern wollte, zumindest jetzt nicht. Mit dieser unterdrückten Grämlichkeit im Magen, jedoch hoffend, alles könne sich noch wenden, steuerte sie ihr offenes, aber dennoch bescheidenes Auto. Seiner wie ihrer Stimmung entsprach, daß der Gasthof, in dem sie abendessen wollten, geschlossen hatte. Altgutbürgerlich, teils eingerüstet, braune Schindeln, aber eben geschlossen. Ein männliches Wesen tauchte auf, mit aufgebauschtem, schwarzpomadigem Haar und Trachtenanzug, wohl der Gigolo vom Ort, der unter fehlendem Publikum litt und mit ihnen ins Gespräch kommen wollte, was das stehende offene Auto ohne weiteres erlaubte. Roswitha beendete jedoch die beginnende Unterhaltung ebenso bestimmt wie freundlich und fuhr langsam weg.

An einer Böschung stiegen sie aus und setzten sich, da erschien er schon wieder, der Gigolo, und versuchte erneut, sich aufzudrängen. Doch wurde ihm die Schau gestohlen von einem Mann, den Baldwin jetzt erst entdeckte, und der ein paar Meter vor ihnen aus einem Graben auftauchte, auch den Graben bemerkte er jetzt erst.

Zu sehen war von ihm die letzte Handbreit einer unbekleideten, schweren athletischen Schulter, auf ihr ein Hals, so dick wie sein kahler Ringerkopf. Er grinste sie schadenfroh an, als wollte er sagen "Haaa, hab´ ich euch" - der Schlächter und sein Vieh -, und näherte sich dem auf der Erde kauernden Gigolo, um ihn in den Graben zu ziehen. Der hielt sich an Roswitha fest, die wegzurutschen begann. Baldwin faßte sie am Armgelenk - zarter als vermutet -, umklammerte es so fest er konnte, doch entglitt es ihm. Der Ringer zog den Gigolo und Roswitha in den Graben, der ihn jetzt ab der Taille freigab. Baldwin sah einen nackten, hünenhaften Brustkorb - und nur einen Arm, vom anderen war nur ein kurzer Stummel geblieben. Doch strahlte dieser eine Arm soviel brutale Kraft aus, daß der Ringer seines Sieges über ihn mehr als sicher sein konnte. Der Einarmige grinste: So, Freundchen, jetzt bist du dran. Das sagte er zwar nicht, aber so schaute er ihn an und stieg mit genießerischer Ruhe aus dem Graben.

Nichts war auffällig an ihr,

alles so wie man es erwartete: jung, geschmeidiger Körper, Haare frei im Wind. Zeigte auch die gewünschte Natürlichkeit, wußte was sie wollte, wen sie wollte und wann sie wollte.

Zu Hause hatte sie eine Katze. Eines Tages sagte ihr ein Freund, an dem ihr was lag, sie solle zeigen, zu was sie fähig sei, sie solle sich der Katze entledigen. Christine nahm die Katze auf den Arm und blies ihr in das Fell, blies stärker und sah noch mehr weiße Haut. Sie setzte die Katze auf den Boden und griff eine Peitsche mit langer, dünner Schnur. Holte aus und peitschte die Katze oberhalb ihrer Pfoten - so geschickt, daß die Peitschenschnur bei jedem Schlag sich pfetzend um eines der Pfötchen schlang. Die Katze blieb betroffen stehen. Die Haut sprang blutend auf über jedem der vier Pfötchen. Die Katze drehte ihren Kopf und ihre Augen, die jetzt vom Tode wußten. Christine ließ ihr Küchenmesser, vorn mit scharfer Spitze, an dem linken hinteren Katzenbein herauffahren, an dem rechten - sanft, leicht, geschickt. Das Fell der hinteren Beine öffnete sich nun auch der Länge nach, gab rosig-rotes Fleisch frei. Christine ritzte von hinten nach vorne den Bauch der Katze, ritzte und schlitzte, auch am Bauch zeigte sich blutendes Fleisch. Die Katze blieb stehen, drehte ihren Kopf und ihre Augen. Christine warf das Messer ruhig weg, kniete nieder vor dem Tier. Sie packte das an den Hinterbeinen herumhängende Fell und zog es langsam und gleichmäßig nach oben und dann dem Kopf der Katze zu; dabei drückte sie des besseren Haltes wegen den Kopf der Katze gegen ihren umrockten Oberschenkel. Christine schälte das Fell gleichmäßig bis etwa zur Mitte des Leibes ab, und die Katze stand da, hinten in rosigrotem Fleisch. Christine jetzt flinker werdend: Fell ab bis zum Hals. Am oberen Halsende und am Kopf hat die Katze noch Fell, das übrige Fell hält Christine in der Hand. Enthäutet und rosig schimmernd dreht die Katze zitternd nocheinmal den Kopf und nocheinmal die Augen.

Frau des Lebens

"Onkel Edward, gab es die Frau deines Lebens?"

"Ja."

?

"Im Grunde war sie eine Frau, die allen gehörte. Nicht daß sich in ihren Augen das berechnende Glitzern jener gefunden hätte, die Geld ziehen aus ihrem Geschlecht. Ganz und gar das Gegenteil: Ihr Gesicht war ohne Absicht, war weit und offen und voller Seele, war nichts als Bestimmung.

Wir schliefen sofort miteinander. Wie ich es nie erlebt hatte: Wortlos, besinnungslos, jenseits aller Zeit.

Ineinander verschlungen lagen wir da, benommen, erschöpft, überlebend. Lagen auf einem Bett in einem öffentlich wirkenden Raum, ein Art Wartesaal, konnte auch mit Hospital zu tun haben. Eine entfernte Türe öffnete sich unhörbar, es trat jemand herein, den ich in der Dunkelheit nur ahnen konnte. Bekam Angst. Er näherte sich. Bekam schreckliche Angst. Eine Gestalt, wohl in einem Ärztekittel, hob sich bläßlich ab. Ich schrie, schrie um mein Leben. Strampelte gegen den Herantretenden - vergebens."

Mord oder Liebe

Am Fuße des Berges hatten sie sich niedergelassen, drei Frauen und drei Männer, alle in gleichen grau-oliven Wetteranzügen mit Kapuzen. Die Schnüre unter dem Kinn hatten sie gelöst, um müheloser zu kauen, und um den Mund unbehindert lange öffnen zu können, denn der Tee war heiß. Die dampfenden Becher und die ausgestreckten Beine gaben Sätze frei, die beinahe zum Gespräch wurden: Über das Wetter, wie der Tee aufzugießen sei, und daß es sich hier trotz des Windes für eine Weile gut sitzen ließe. Und alle spürten, daß sie sich mochten, jeder jeden, gerade so wie sie waren, im grau-oliven Wetteranzug und mit baumelnder Kapuzenschnur.

Die ihm gegenüber saßen, schienen etwas zu sehen, sie verfolgten etwas hinter seinem Rücken, das sich offenbar bewegte. Gemächlich wandte er sich um. Im Abstand von ein paar Metern ging ein Weib, dessen Augen auf ihn gerichtet waren und in ihn drangen, Besitz nahmen von ihm - er hatte keine Chance, sich zu entscheiden, so wenig wie er einen Blitz hätte verhindern können oder ein Wetterleuchten. Es waren weniger ihre von roten Strümpfen umspannten Waden, ihre kräftigen Hüften, die bei jedem Schritt den Wollrock schwingen ließen, weniger ihre reiche, aus dem Mieder gehobene Brust, all das war es weniger. Mehr und ganz anders war es das unbewegte Gesicht:

Obwohl jung, jahrtausendealt und voller Gewißheit, alles zu wagen, jäh und sicher, dann, wenn es sein sollte. Und auf ihm ihre Augen, die sie erst abwandte, nachdem sie vorbeigegangen war. Er merkte, daß er einen Becher Tee in der Hand hielt und daß er verhalten und besorgt gemustert wurde. Seine Gefährtin schien grau geworden im Gesicht, ihre Hände zitterten, als er aufstand. Aber sie sagte nichts, sie ließ lediglich ihren Kopf auf die Brust sinken, so tief, daß er nur noch ihre Kapuze sehen konnte. Die anderen schwiegen und rührten sich nicht.

Er folgte ihr, langsam den Abstand verringernd. Ohne sich umzusehen, ging sie auf die weiter oben stehende Hütte zu. Deren offener Eingang wies in Dunkelheit und dunstendes Heu. Erst jetzt drehte sie sich schweigend um und zeigte ihm erstmals, daß sie ihn hinter sich wußte. Mit den Augen wies sie ihn in die Hütte, und während er noch unschlüssig stand, wandte sie sich um und ging voraus. Da bricht es in ihm auf, da weiß er, daß jetzt und niemals sonst - er und die Welt sich entscheiden, ob Mord oder Liebe.

III

Er ging mit einem Gang,

dem man ansah, er geht nicht, um Zigaretten zu holen, nicht um eine Bar aufzusuchen, nicht um eine Freundin zu treffen, nicht um zu telefonieren, nicht um ein Bordell zu finden, auch nicht, um in eine Kirche zu gehen, vielmehr ging er mit einem Gang, der nichts anderes erwarten ließ, als daß er nach hundert Metern, nach tausend Metern, daß er nach einer Stunde oder nach zwei Stunden mit genau dem gleichen Gang weitergehen würde.

Mit einem Gang, der langsam, beinahe bedächtig einen Fuß vor den anderen setzte. Er schlurfte nicht, er zog kein Bein nach, er wippte nicht mit den Fersen nach jedem Schritt, nicht der Gang also, der für manche Jünglinge bezeichnend ist, die vertrauensselig und vielleicht noch angetan von einem kleinen Ereignis, dem interessierten Blick eines Mädchens etwa, einer Zukunft entgegeneilen, die so schön sein muß, daß sie ständig federn läßt. Er hatte also weder einen beschwingten noch einen schleppenden Gang, sondern einen solchen, der den Eindruck erweckte, jeder Schritt sei selbstverständlich.

So ging er in einer Straße, in der nichts geboten wurde, in der keine Umzüge stattfanden, nicht mal politische, in der keine Touristen sich als Touristen erleben wollten, in der Leben verlief, wie Statistiker in Schemata und Zahlen es erfassen. In einer solchen Straße ging er auf dem

Gehsteig, der sich ebensowenig durch etwas Ungewöhnliches auszeichnete wie der Gehsteig auf der anderen
Seite, wo ebensolche Häuser standen, ein oder zwei oder
gelegentlich auch drei Stockwerke hoch, zählte man die
Dachgeschosse mit, dazwischen auch mal ein Laden mit
nichts als einem Welldach drüber oder eine welldachige
Garage. In seiner Blickrichtung gesehen, ging er auf dem
linken Gehsteig, vorbei an einem bäuchigen Menschen mit
Hosenträgern, der sich bückte, um ein Garagentor zu
öffnen, und dabei seinen dicken Hintern in den Gehsteig
streckte. Ging vorbei an einer Bierdose in der Straßenrinne,
an leeren Zigarettenschachteln, an glattgespültem Dreck,
durchmengt mit Bättern, obwohl kein Baum zu sehen war.
Vorbei an einer Mutter, die auf der anderen Straßenseite
aus einer Haustüre trat mit einem Säugling auf dem Arm
und einer Einkaufstasche in der Hand, ärmlich angezogen,
und, obwohl noch jung, schon aufgeschwemmt. Man
konnte sich gut vorstellen, in welchen Verhältnissen sie bis
dahin gelebt hatte, wie sie jetzt lebte, mit was für einem
Mann sie zusammenlebte, und wie sie wahrscheinlich
weiterleben würde. Vorbei ging er an einem verrotteten
Fahrrad ohne Räder und Sattel, das an einem Schuppen
lehnte, lange schon, wie alter und junger Rost erkennen
ließen. Vorbei an Jungen, die mit einer Blechdose Fußball
spielten, keiner hatte was dagegen, wenn sie, gut gekickt,
das Bein eines Mitspielers traf, vielleicht sogar dessen
Knie, das empfindlicher schmerzen mußte als sein

Oberschenkel. Je stärker das Jaulen des Getroffenen, um so lauter der Jubel des Schützen. Vorbei an abgegriffenen Kisten mit Obst und Gemüse, das den einen oder anderen Tag schon überdauert haben mußte, vor einem Lebensmittelgeschäftchen, in dem Licht brannte aus einer freihängenden Birne. Vorbei an der alten Frau im Laden, die durch die offene Türe auf die Straße blickte, aus nahenden Schritten einen Kunden erhoffend, sie lehnte gegen die Theke, als würde sie oft so lehnen, und sie blickte hinaus auf die Straße, als würde sie oft so blicken. Vorbei an einem kahl getretenen, kleinen Platz auf der anderen Seite, der mit zwei um ihr Leben kämpfenden Bäumchen bestanden war und mit zwei Holzbänken, deren Ritzen erkennen ließen, daß die Bänke mal getrichen waren. Auf einer der Bänke saß ein Mann in einem abgewetzten Mantel, dessen Ärmel bis zu seinen Fingern reichten, und der viel zu schwer war für diese Jahreszeit, neben sich auf der Bank eine Plastiktüte und einen verwitterten Sack. Er schaute auf das Dach ihm gegenüber oder darüber hinweg, schien nichts zu suchen und nichts zu erwarten. Vorbei an aufgebrochenen Straßenbelägen, teils notdürftig ausgebessert und erneut aufgebrochen, vorbei an Wasserlachen im Rinnstein, die, mit Öl vermengt, regenbogenfarbig schimmerten. Steten Schrittes vorbei an einer Gruppe von Männern, die sich mit- und gegeneinander unterhielten, immer mal wieder kurz die Straße hinunter- oder hinaufschauend, ob wohl wer käme oder sonst was käme, ein Auto vielleicht oder ein Traktor. Sie schauten auf den sich nähernden Fremden, ihre Unterhaltung ebbte ab, verhielt ganz, während er vorbeiging, um ja nichts zu versäumen von seiner Erscheinung und davon, was es wohl auf sich hatte mit ihm. Ihre Blicke folgten ihm, als er vorbeigegangen war, unzufrieden, daß dieser Mann nicht mehr gebracht hatte, daß er einfach nur vorübergegangen und noch dazu unauffällig angezogen war. Hätte er wenigstens ausgesehen wie ein Vertreter, oder hätte er Narben im Gesicht gehabt, oder wäre er unsäglich dick gewesen, oder hätte er nach dem Weg gefragt, dann hätte man, je nach dem, gegenfragen können, zu wem er wolle, und das hätte Anlaß gegeben für allerlei Vermutungen - doch nicht mal das hatte sich ereignet, entschieden zu wenig, um Abwechslung in ihre Unterhaltung zu bringen, geschweige denn, um sonst etwas in ihnen zu bewegen. Deshalb schauten sie ihm unzufrieden nach. Einer von ihnen sah auf den Boden, entdeckte ein Steinchen und kickte es in die Straße, ein anderer hustete etwas hoch und weg. Danach, nachdem der Fremde nicht mehr zu sehen war, schauten sie wie zuvor und wie nebenbei, verstohlen beinahe, immer mal wieder die Straße hinauf und hinunter.

Er aber ging steten Schrittes vorbei an kleiner werdenden Häusern, die mit zunehmendem Abstand voneinander standen, umsäumt von Gärtchen oder Vorplätzen. Vorbei an einem Holzlager, in dem Stimmen zu hören waren von Arbeitern, die man nicht sehen konnte. Vorbei an einem Gebrauchtwagenhandel, die meisten Autos von Staub überdeckt, in dem der Regen Rinnen ausgewaschen hatte, es schien ungewiß, ob die Autos jemals gesäubert würden. Vorbei an Schuppen und Lagern, die bald nur noch vereinzelt standen und schließlich endeten. Vorbei an ausgetrockneten Blindschleichen, huschenden Käfern und krächzenden Raben, an Leitungsmasten, an Wiesen und Äckern, an Büschen und Wäldern, an wenigen Menschen, die ihm entgegenkamen, und an anderen, die in den Feldern arbeiteten. Vorbei im Morgenlicht, im Abenddämmer. Später bemerkte er zu seiner Wanderzeit, eigentlich gäbe es nichts zu berichten.

Er wollte in die Oberstadt

und von dort in die Höhe, wo er einen freien Ausblick erwartete und einen Überblick über die Stadt und vielleicht auch über sein Leben, obwohl er an letzteres in diesem Augenblick nicht dachte. Links von ihm überholten ihn Straßenbahnen, aber er war nicht sicher, ob sie in die Oberstadt fuhren. Mehr Straßenbahnen fuhren rechts in einer gemütlichen Kurve ihm entgegen, sie kamen wohl alle aus der Oberstadt, konnten also keinesfalls dort hinführen, denn alle Geleise waren nur in einer Richtung befahrbar.

Sie erkannten seine Verlegenheit und kamen mit ihm ins Gespräch, zwei Gestalten, die keine Einheimischen sein konnten, auch wenn sie schon einige Zeit hier leben mochten, mit Krawatte und neuem Anzug und fast neuen Schuhen, und trotzdem wirkten ihre Anzüge, wie teuer sie auch gewesen waren, wirkten An- und Aufzug heruntergekommen, genauer gesagt, nie heraufgekommen waren sie. Im Unterschied zu den Einheimischen, von denen viele gebrauchte Anzüge trugen und ältere Schuhe, die aber niemals heruntergekommen wirkten, weder die Schuhe noch die Einheimischen, ganz im Gegenteil.

Er hatte es geahnt: Die Neueingekleideten handelten mit Waffen. Sie wollten ihn einbinden in ihr Geschäft. Er sollte Botendienste leisten und sich in Akquisitionen versuchen. Denn das Geschäft lief im Moment nicht besonders, eigentlich lief es gar nicht, deshalb mußten dringend Abschlüsse her. Und so trieben sich die Neueingekleideten jeden Tag einige Zeit auf dieser Verkehrsinsel herum, eben um Weglose zu finden, die ihnen zu Diensten und zu Willen sein sollten. Und als er sich in einer Gartenwirtschaft an der Straße an einen einfachen Holztisch setzte, der durch Blumenkübel und etwas Gebüsch gemütlich gemacht worden war, als er sich an diesen Tisch gesetzt hatte, um sich ein wenig auszuruhen und um zu überlegen, wie er es anstellen könnte, den Weg zu finden, da waren sie schon wieder da und bedrängten ihn. Anders konnte man es nicht sagen, sie drohten nicht direkt, aber sie bedrängten ihn. Er wußte genau, auf ein paar Menschenleben kommt´s denen nicht an, doch hatten sie sich den Umgangsformen und sonstigen Bräuchen dieses Ortes angepaßt und ließen ihre jeweiligen Absichten nicht erkennen. Merkwürdigerweise hatte er keine Angst, fühlte aber, sie war nicht weit weg - ein schmales Terrain durchschritten, und schon wäre er mittendrin gewesen. Doch war er sicher, jetzt und hier würde er es nicht durchschreiten. So konnten ihre versteckten Drohungen nicht in ihn dringen, konnten ihn nicht gefügig machen.

Und deshalb gelangte er unbehelligt zu dem Trödelmarkt, den nur Einheimische kannten, der in Grotten sich ausbreitete, durch die enge Gassen führten. So hoch waren die Grotten, daß man, ohne hinaufzuschauen, nicht immer wußte, ob der Gang von den Grotten überwölbt wurde, oder ob Himmel über ihm war. Jedenfalls hatten sie wie immer viel anzubieten, heute vor allem Masken und Fratzen, Puppengesichter und Kostümköpfe. Doch war hier der Umgangston schon etwas rauher: "Komm, das könntest du nehmen!" "Nicht? Dann verschwinde!" So finster, daß er ohne Zögern weiterging. Gleichwohl gab es auch angenehmere Gassen in diesem Trödelmarkt, solche, in denen die Grotten niedriger hingen und eindeutig ein Stück Himmel freigaben, fast breit und hell.

Durch den letzten dieser freundlicheren Gänge gelangte er an ein übersichtliches Flanierplätzchen, eine kleine, gepflegte Anlage mitten in der Stadt mit schmalen Wegen, Bänken, Gebüschen und niedrigen Bäumen. Kaum eingetreten, kam eine Frau auf ihn zu, oder er kam auf eine Frau zu, die ihn bemerkt hatte, die aber so tat, als sehe sie ihn nicht. Ein attraktives Persönchen mit geschmeidigen Bewegungen und flinken Augen in einem nicht mehr jungen Gesicht. Und geil war dieses Luder, umwerfend geil, obwohl zurückhaltend angezogen mit einem taillierten grauen Kostüm mit kleinen Karrees. Er hätte nur die Hand auszustrecken brauchen, hätte sie nur anzusprechen brauchen, gleich ob geschickt oder ungeschickt, und schon wäre er nach einer eilig durchschrittenen Strecke Wegs ohne jegliche Umschweife in ihrem Bett gelandet. Ja, das wäre er, hätte er sie angesprochen. Aber den Weg in die

Oberstadt hätte er damit nicht gefunden.

Ein Loch in der Straße,

das abgesperrt war, ein Loch so lang wie ein Lastauto. Er mußte ausweichen, kurvte auf seinem Fahrrad drumrum. Es war weder richtig hell noch dunkel - so ähnlich konnte auch seine Stimmung gewesen sein. Jedenfalls fuhr er um die Absperrung herum und sah ein zweites Loch, jedoch kleiner und nicht abgesperrt. Eine verrostete Straßenbahnschiene ragte heraus. Wahrscheinlich befand sich eine großräumiger Abwassertunnel oder sonst ein Hohlraum unter dieser Straße, und die Straße hatte nachgegeben und war weggesunken. Er bremste, fuhr fast auf der Stelle, da setzte sich eine männliche Gestalt auf seinen Gepäckträger - es hätte ihn beinahe das Gleichgewicht gekostet - setzte sich auf seinen Gepäckträger als wäre das das Selbstverständlichste auf der Welt. Er meinte, ein wurstiges Gesicht gesehen zu haben, erhellt vom Erfolg der spontanen Tat. Er sagte nach hinten, das hätte doch keinen Sinn, er würde nur um zwei oder drei Ecken fahren, das sei alles. Entweder hörte der Aufsitzer nicht, was Baldwin sagte, oder es war ihm egal: er schwieg. Obwohl Baldwin sein Gesicht nicht sehen konnte, war er sicher, er empfand es geradezu körperlich, daß er andeutungsweise lächelte, zufrieden, den Platz auf seinem Gepäckträger ergattert zu haben und sich auf ihm zu halten - offenbar fand er diese Situation weit besser als alleine auf der

Straße zu stehen. Sie fuhren um zwei oder drei Ecken, Baldwin hielt vor einer primitiven Kneipe mit ein paar klapprigen Tischen und Stühlen auf der Straße und setzte sich - in der Erwartung, sein unverhoffter Begleiter würde sich nun trollen, was der aber nicht tat, sondern sich mit etwas Abstand auf einen Stuhl neben ihn setzte, ohne ihn anzusehen, und mit scheu gesenktem Kopf auf Duldung hoffte. Eigentlich wie ein Hund, wie ein streunender, herrenloser Hund - voller Angst, verscheucht zu werden, und flehend "Ach, laß mich bei dir sein". Nur daß ein Hund einen zwischendurch kurz anblinzelt, wenn er sich nicht beobachtet fühlt, kurz anblinzelt, um sich zu vergewissern, ob er noch geduldet wird, ob er noch hoffen darf, daß dieser Duldung irgendwann ein Fressen folgt.

Baldwins Essen kam: Etwas Fleisch, Röstkartoffeln und ein bizarres Gemüse, das ausschaute wie mit einer Unterwasserkamera auf dem Meeresboden aufgenommen, graugelbliche Stiele, die nach einer halben Daumenlänge Knoten bildeten, aus denen neue, kleinere Stiele heraus-wuchsen, deren Enden ein feingliedriges Gekräuse zierte. Eigentlich hübsch. Vielleicht Musilinchen oder Herbaxita oder Fenchel ordinaire oder weite Welt. Die Röstkartoffel köstlich, das Gemüse so ähnlich wie Bambus. In seiner Gier verschluckte er sich, fing an zu husten, legte noch rechtzeitig Messer und Gabel auf den Teller und sah zu allem Überfluß in einiger Entfernung eine Frau, von der er nicht wußte, ob er sie kannte, jedenfalls sah er ihr weiterhustend nach bis sie verschwunden war. Das mußte längere Zeit gedauert haben, denn als er wieder auf seinen Teller schaute und das Besteck wieder aufnehmen wollte, bemerkte er, daß sein Weggenosse sich seiner Gabel bemächtigt hatte und mit dieser in die Röstkartoffel stupfte, er sah ihn breit kauen, er mußte schon einiges genommen haben. Auch jetzt blickte er Baldwin nicht an, wirkte aber verunsichert. Unter seinen schweren, fast geschlossenen Augenliedern schielte er auf Baldwins Hände, gewärtig, jetzt würde was passieren. Doch nichts passierte in seinem Sinne, er konnte nicht hören, wie Baldwin gequält in sich hineinseufzte: "Wie krieg´ ich diesen Kerl nur los? Doch kannst du einer Kreatur das Fressen verdenken? Kannst du dieser Kreatur, der es sicher noch schlechter geht als mir, etwas vorfressen und ihr verwehren, daß sie scheu und ängstlich sich nimmt, wenn die Gabel gerade frei ist? Kann ich nicht - aber daß er mir das ganze Essen verdirbt mit seiner Gegenwart, das ist zuviel, entschieden zuviel. Da fiel ihm ein: "Haha, genau das! Die beste Idee überhaupt: Ich gebe ihm fünf Mark, viel Geld für mich, ich gebe ihm fünf Mark, und er soll sich ein Bier kaufen oder zwei und mich in Ruhe lassen - oder ein Bier und eine Stulle, aber mich in Ruhe lassen, soll sich verziehen."

Baldwin faßte in seine Tasche: Kein Fünfmarkstück, auch keine Münzen, die fünf Mark ergeben konnten. Also ging er in den winzigen, dusteren Kneipenraum an die Theke, hinter der sich zwei weibliche Wesen zu schaffen machen, um seinen letzten Geldschein zu wechseln. Er faßte in seine Hosentasche und fühlte ein verknülltes Papiertaschentuch und die Folie dazu. Und als er die Hand herausgezogen hatte, hielt er in ihr nach wie vor nur ein Papiertaschentuch und die Folie dazu. Faßte in die andere Tasche, obwohl er ahnte, wenn nicht wußte, die mußte leer sein, zumindest konnte kein Geldschein drin sein, einen solchen hätte er gelegentlich knistern hören, hätte überhaupt von ihm gewußt, langte trotzdem hinein und fand bestätigt, er hatte nichts mehr.

Ich zittre ungewiß -

und weil es soeben erst halb und noch nicht dreiviertel ge-
schlagen hat, deshalb kann aus mir noch was werden. Auf
einer kleinen, sonnenbeschienenen Insel mit plätschernden
Wellen gegen einen jahrtausende alten Strand, ein
zerlumpter Alter vor einer Schilfhütte, dürr und mit
sinkenden Augen.

Zwergneger

In einer großen Stadt, in einem der besten Häuser, stand Baldwin in einer halbdunkeln Nische neben dem hellen Aufgang zu oberen Räumen. Er war nicht Gast, er war Zaungast hier, schon des öfteren. Er sah sich um und blickte durch die an den Tischen sitzenden Gestalten: Herren in dunklen Maßanzügen, oft Grau an den Schläfen - und dazwischen? Die teuren Damen gut gewachsen, soviel Dekolleté wie die Natur und ein hochwertiger Halter hergaben und die Konvention erlaubte. Die älteren versteckten ihre Halsrunzeln hinter Ketten, Schals oder Hochgeschlossenem. Einige Herren lächelten, aber auch die anderen hatten Großes geleistet oder waren soeben dabei. Die Damen lächelten alle. Trinkt man Sekt, muß auch gelächelt werden, eine Geldfrage, diese Frauen da ins Bett zu kriegen, eine wie die andere, ob verheiratet oder nicht. Ab einer Villa mit Diener und Chauffeur sind so gut wie alle flüssig einzukaufen, viele auch darunter. Er gähnte. Die anderen, mit denen er gekommen war, waren weitergeschlendert. Raschelnd schlitterten vom Eingang her auf dem Fußboden zwei - zwei was? Die Ankömmlinge, sie mußten hereingestoßen oder hereingeworfen worden sein, drehten sich am Boden liegend um sich selbst und verharrten etwa in der Mitte des parkettbelegten, geglänzten Vorplatzes, der ihn von den Gästen trennte. Graubraun und mit Bast an den Körpern. Ängstlich tastend bewegten sich Arme und Beine, aufzustehen versuchten die Geschöpfe jedoch nicht. Konnten oder wollten sie nicht? Erschrocken erkannte er, es sind keine Tiere, es sind Menschen, Zwergneger, die, würden sie sich erheben, ihm bis zur Hüfte reichten. Weibliche Wesen mit zierlichen, wohlgestalteten Gliedern. Als er wieder hinsah, stand auf einem der Zwerge ein schwarzer Herrenlackschuh. Der rollte den Leib langsam hin und her, so gemächlich abfällig, als wollte der Lackschuhbesitzer sagen, diese Beschäftigung lohnt ja doch nicht. Zwischendurch trat der Lackschuh auch kräftiger auf, als wollte der Tretende sich vergewissern, wie weit der Körper wohl nachgeben würde. Dann gingen die Lackschuhe gelangweilt ihres Weges. Die meisten Gäste hatten nichts bemerkt, von anderen war der Vorgang lässig und selbstverständlich aufgenommen worden, obwohl alle wußten, der Lackschuhbesitzer wie die Gäste, daß die beiden zu klein geratenen Negermädchen in wenigen Minuten mit feenhafter Anmut tanzen würden - tanzen würden, so vollendet, daß selbst bei diesen Menschen der Glaube an, an..., er sah Frauenbeine, die ihm bekannt vorkamen. Blickte an ihnen hoch, ja, tatsächlich - gut, daß die anderen weitergegangen waren. Sie kam auf ihn zu mit schwingendem Gang, umweht von langen, rötlichen Haaren, und strahlte. Er zog sie die Treppe hinauf, drei Absätze höher, dort war es dunkler. Sie küßten sich und hielten sich umschlungen. Dieser Körper, ich will nicht mehr von ihm lassen, hämmerte jeder Pulsschlag in ihm. Eeeh - dumm, zu dumm, meine Tasche und mein Mantel liegen noch unten, muß ich holen, sonst verschwindet beides, kann sie nicht lassen, muß zu meinem Zeug. "Nur meine Tasche holen, bin sofort wieder da", er wußte, alles zog ihn zu ihr zurück, aber gleichzeitig fühlte er ebenso sicher, ein Wiedersehen war ihm für heute nicht beschieden. Er gelangte ins Freie, trottete dahin, bis er eine Reihe beleuchteter Tische sah, an denen noch Gäste saßen, eine der volkstümlichen Gaststätten in dieser Gegend. Die biederen Leute hier unterschieden sich von den soeben verlassenen im wesentlichen nur, indem sie ihre Langeweile breitbeinig zur Schau stellten, während die anderen sie mit Sekt brspülten. Sein Fahrrad schob er neben sich her, in genügendem Abstand von den Tischen, um von der Beleuchtung nicht zu sehr getroffen zu werden. Ganz hinten stand der Fahrradständer. Er mußte einen Drehgriff lösen, die Schiene entklinken und zu Boden lassen, was ihm in der Dunkelheit erst nach einigen Versuchen gelang. Er preßte den Reifen des Vorderrades, das er an den Flügelmuttern anfaßte, in die Schiene - und erstarrte als er sich umdrehte. Das ist doch, das ist doch, verdammt nochmal, das ist doch völlig ausgeschlossen! Aber er stand vor einer leeren Tatsache: das Hinterrad war nicht mehr vorhanden. Er fluchte laut und anhaltend, bis sich der Besitzer des Fahrradständers näherte, gleichzeitig Wirt der

Gaststätte, an deren Tischen er vorbeigezogen war. Der Graugesichtige wunderte sich, blieb aber gelassen. Er kannte den Alten schon seit geraumer Zeit und wußte, dieser bliebe auch gelassen, fielen ihm plötzlich alle restlichen Haare vom Kopf. Der Alte hatte schon zu viel erlebt in dieser Stadt und in diesem Stadtteil. Und außerdem traf ihn keine Schuld. Sie verwickelten sich in ein sich dehnendes Hin und Her, gleichmütig der Alte, Baldwin mit abflauendem Zorn, bis er sich schließlich trollte. Der Zwischenfall mußte lange gedauert haben, die Tische waren verlassen, die Lichter gelöscht. In ihm erwachte das Bedürfnis, sich an der Gesellschaft zu rächen. Er dachte an die Ereignisse des Abends, ferngerückt jetzt, auch daß er die Schöne nicht mehr hatte sehen können. Die Umrisse der Tische und der an sie gelehnten Stühle konnte er nur mühsam erkennen. So trottete er dahin, sein Groll stieg nochmals in ihm auf, doch flach nur noch, während seine Gedanken so müde wurden wie seine Beine. "Nun, woher soll ich es wissen, mit der Frau, und überhaupt, lassen wir es für heute ..", murmelte er und merkte, er ging weiter.

Öffentliche Schüttelei

Er schüttelte alle Bäume, die ihm begegneten. Nicht nur schüttelte er im Mai die Blüten, im Sommer die Kirschen und im September die Äpfel, nein, auch Weihnachtsbäume hat er jüngst geschüttelt, sechs öffentliche Weihnachtsbäume. Mit solchem Erfolg, daß alle Glaskügelchen, bis auf ein kleines unsichtbares, das Pflaster beklirrten. Da die Bäume öffentlich waren, war auch das Ärgernis öffentlich. Und ein öffentlicher Häscher wurde beauftragt, den Schüttler zu stellen. Der eilte gerade zum siebenten Baum, als die öffentliche Hand sich auf seine linke Schulter legte. Ohne sich zu besinnen, schüttelte er statt des öffentlichen Baumes die öffentliche Hand samt dem dazugehörigen öffentlichen Körper. Es gab ein Schüttelgemenge, bei dem die öffentliche Hand nach einer Pistole langte. Auch diese Hand und deren Pistole wurden so heftig geschüttelt, daß ein Schuß sich nicht löste, obwohl viele darauf gewartet hatten.

Freund Ronny macht Karriere

Als Junge schlief er gerne lang. So lang, daß seine Eltern sich ernstlich sorgten und einen Arzt befragten, sie hatten mal was von Schlafkrankheit gehört. Aber der Arzt sagte, das habe damit nichts zu tun, er schlafe einfach nur mehr als andere. Dazu mochte Ronny viele Blumen in seinem Schlafzimmer. Einen größeren Strauß frischer Blumen hatte er immer dort stehen. Der Blumenduft mache ihm gar nichts aus im Gegenteil, er schlafe dadurch sogar besser, sagte er seinen Eltern.

Eines schönen Winters, frische Blumen waren teuer, kam er an einem Laden mit Kunstblumen vorbei. Welch großartige Idee, jubelte er und kaufte sich einen großen Strauß Phantasieblumen. Wie herrlich nahmen sie sich aus in seinem Schlafzimmer, der Wunsch nach noch mehr Blumen erwachte. Doch soviel Geld hatte er nicht. Folge: Er jobbte. Folge: Er stand früher auf, schlief überhaupt weniger. Seine Eltern waren erleichtert, und zudem dufteten die Kunstblumen nicht. Nachdem auf der Kommode und in allen Ecken Blumen standen, wurde ihm klar, was ihn schon immer bedrückt hatte: Diese kahle Decke über ihm, immer diese kahle Decke, wenn er einschlief und aufwachte. Er spannte an der Decke Drähte, an denen er Kunstblumen befestigte, zuerst entlang den Wänden, dann gestaltete er innerhalb dieses Rechtecks eine Rosette, deren Zentrum er mit violetten Orchideen füllte, umrankt von grünen Blättern. Natürlich konnten nun die Wände nicht so kahl belassen werden wie sie waren. Seine Aushilfstätigkeit in einem Bestattungsinstitut erlaubte ihm, auch sie zu dekorieren.

Seine Eltern hofften auf eine Karriere als Banker: ein Freund des Vaters war ein höheres Tierchen in einer bekannten Bank und hätte was für sie tun können. Was Ronny jedoch ablehnte, denn das Bestattungsinstitut, das größte in der Stadt, bot ihm einen ständigen Job an. Ja - bald war er Geschäftsführer, und als der Inhaber starb, offerierten ihm dessen Erben einen Firmenanteil, Grundstein seiner späteren Mehrheit. Wie kam´s?

Er veranstaltete Begräbnisse, die so schön waren, daß es sich rumsprach. Wer auf sich hielt in der Stadt, wollte von Ronny bestattet werden. Besonders angetan waren die Leute von seinen Blumen-Arangements im Hause der Verstorbenen und im Leichenhaus. Stets erkundigte er sich bei den Angehörigen nach den Lieblingsblumen des Verstorbenen und nach seinen Liebhabereien. Einmal hatte er den Boss der führenden Kette von Metzgerläden zu beerdigen. Dessen Lieblingsblumen waren alle Blumen, die blau waren. Was glauben Sie, was Ronny da veranstaltet hat! Den ganzen Raum legte und hängte er mit allen nur erreichbaren blauen Blumen aus, manche changierend ins violett, und als Kontrast ein Hauch von gelb aus Blütenkelchen. Dazu je ein Paar Rindsund Schweinsköpfe, die an den Wänden aufgehängt wurden. Und morgens im Bett, noch fast im Schlaf, fiel ihm ein, was da noch fehlte - und es gelang: In einem Geschäft für Werbeartikel trieb er Automaten auf, die die Rinds- und Schweinsköpfe behäbig nicken ließen, ständig nicken ließen. Und dazu muhten Kühe, quiekten Schweine, abgespielt von einer Kasette, und zwischendurch hörte man die Stimme des Verstorbenen wie er "All right boys" sagte, einer seiner Lieblingssprüche.

Bis nach New York und Chikago berichteten die Zeitungen von seinem ´Blauen Begräbnis´. Berühmte Leute bewarben sich schon frühzeitig um ein Begräbnis bei ihm. Und so kam er kaum mehr zum Schlafen.

Geld auf der Straße

Es war mehr dunkel als dämmrig und dazu neblig und naß. Er schlurfte hinter den anderen her, als ihn ein Gefühl anhalten und ein paar Schritte zurückgehen ließ. Ihm war, als liege Geld oder ähnliches auf der Straße. Hatte er nicht schon als Achtjähriger geträumt, im Garten seiner Kindheit hinter der Scheune Schätze zu finden oder zumindest Waffen? Mehrfach davon geträumt. Gefunden hatte er nichts - jedoch: Würde heute jemand hinter dieser Scheune graben, fände er einen Kavalleriesäbel aus dem Siebzigerkrieg, einen Offiziersdegen aus dem letzten und einen geschwungenen und messerscharfen japanischen Säbel mit Perlmuttgriff in einer schwarz lackierten Holzscheide, das Perlmutt zum Teil mit Isolierband festgehalten, denn diese Waffen waren dort vergraben worden, um einrückenden Truppen keine Argumente an die Hand zu geben.

Er bückte sich und suchte, sah graue, abgewetzte Pflastersteine, feucht und glitschig, mit schwarzem Dreck in den Fugen, Dreck mit Geschichte. Schwere Revolutionskanonen waren darübergezogen, eisenbeschlagene Wagenräder und Soldatenstiefel, leichte Damenschuhe hatten die Steine bestöckelt, wobei gelegentlich ein Absatz in einer Ritze steckengeblieben war, begleitet von dem "Uuuuch" der Trägerin, die mit munteren Äugchen um sich geschaut hatte, voller Brünstelei und gut gespielter Unschuld. Und immer wieder in all den Jahrzehnten und Jahrhunderten die Straßenkehrer, die die Pflastersteine nicht nur fegten, sondern auch regelmäßig bespuckten.

Er fand tatsächlich Münzen, einheimische und fremde und Gedenkmünzen, die aus Gold sein mochten. Hastig hob er sie auf und steckte sie ein. Sah noch mehr Münzen, die er zu einem Häufchen zusammenscharrte, seine Hände wurden naß und dreckig wie die Straße, und unter seinen Fingernägeln wuchs der Dreck zu schwarzen Stollen an. Einer seiner Weggenossen näherte sich ihm. Verlegen schob er in seine Taschen, was er noch ergrabschen konnte, und erhob sich. "Ach", sagte der andere, "ich suche meinen Ausweis." "Einen Ausweis?" murmelte er, während er weiterging und fühlte, wie die Münzen in seinen Taschen ihn mehr und mehr beschwerten.

Mit Auto

War es nicht ziemlich spinnert, mit einem Auto, und dazu mit einem so großen, diesen Berg hinaufzufahren? Rundherum nichts als Felsen, also kein übersichtlicher Berg, auch keine Straße - und schon gar keine, die sich in Serpentinen hinaufgewunden hätte. Nein, man tastete sich - im Wagen - auf zerkarstetem, rissigem Fels empor. Fuhr ein Stückchen, schaute, wie es weitergehen konnte, suchte von einer engen Furt aus die nächste, glaubte, es werde schon irgendwie weitergehen - und es ging auch immer weiter. Aber nur solange, bis es nicht mehr weiterging - zu schmal, das winzige Plateauchen, das jetzt vor dem Wagen sich eröffnete.

Links der Felsen, rechts der Abgrund. Und da stand er nun, der Wagen, und nahm sich höchst seltsam aus - ein anerkanntes Fabrikat auf einem winzigen Plateauchen inmitten von Felsen, auf denen nichts wuchs, nicht der kleinste Strauch und auch kein Blümchen mehr. Wie hingehustet, dieses intakte, blinkende Auto auf einer winzigen Unterlage, aberwitzig hingehustet.

Zudem dämmerte es, es hatte keinen Sinn, sich zu etwas anderem zu entschließen als abzuwarten und die Nacht notdürftig im Wagen zu verbringen. Doch dazu kam es nicht, denn der Fels schien sich langsam zu bewegen, schien den Wagen gegen den Abgrund zu schieben -

oder der Boden bewegte sich. Er stieg aus dem zitternden Wagen und schrie um Hilfe.

Nicht zu fassen, schleierhaft, wie die hierhergekommen waren - aus der Luft? Aus einem Hubschrauber? Hatten die ihn schon länger beobachtet? -, ein Hilfstrupp, der aus einer Frau bestand und etwas Männlichem, das sich im Hintergrund hielt. Die Frau aber: ein eher längliches Gesicht und trotzdem rundliche Backenknochen, eine Frau, mutig und gelassen, sicher nicht sinnlich, aber ein großartiger Kamerad. Sie lächelte wie von außerhalb, nicht im geringsten erstaunt. Der Wagen sei nicht mehr runterzukriegen, schon technisch nicht, das äußere vordere Rad stehe auf der Kante des abfallenden Felsens, schlage er mit den Vorderrädern ein und fahre zurück, habe es keinen Boden mehr unter sich. Fahre er aber ohne einzuschlagen rückwärts, hänge das hintere äußere Rad über die Felsenkante - wie er bloß raufgekommen sei?

Ja, sie könne ihn mitnehmen, aber natürlich nur ihn, den Wagen müsse er schon zurücklassen. Für immer.

Das Gespenst

Neumann war schon so lange und so selbstverständlich verheiratet, daß man nur so ihn denken konnte. Zudem war er Vater zweier Kinder und Eigentümer eines kleinen Unternehmens, das er geerbt hatte und mit gutem Erfolg weiterführte. Er war sicherlich kein Protz, hatte aber auch nichts dagegen, sich etwas mehr zu leisten als andere - arbeitete er nicht auch mehr? Zu seinen engeren Freunden zählte ein Hersteller von Elektroartikeln, sein Steuerberater und der Geschäftsführer der Berufsvereinigung, zu deren Tagungen er sich üblicherweise einfand. Die Vier verband nicht nur ihr wöchentliches Skatspiel, sondern vor allem, daß sie die Verhältnisse bejahten, auch wenn es selbstverständlich dies und jenes zu bemängeln gab.

Hätte man sich bei einer Auskunftei über Neumann erkundigt, wäre er als ein Geschäftsmann von untadeligem Ruf geschildert worden, auch dann, wäre der Auskunftei bekannt gewesen, daß er vor nicht allzulanger Zeit Geschäftsreisen mit der Sekretärin eines Lieferanten unternommen hatte, so gefestigt wäre trotzdem sein geschäftliches und persönliches Ansehen gewesen. Denn Neumann lebte so, wie man es erwartete: Er stellte gerne eine hübsche Sekretärin ein, wenn es sich gerade traf, listete dem Finanzamt ab, was versprach unauffällig zu bleiben, spendete Vereinen, deren Mitglied er war, und las

Zeitungen, die Vernünftiges vertraten. Und seit jenen Geschäftsreisen - sie war mahagonirot gewesen - begnügte er sich im Verein seiner Skatbrüder mit lockeren Bemerkungen, die auf ein bereites Echo stießen.

Soweit Neumanns Erinnerung zurückreichte, hatte er schon immer, kaum war er zu Bett gegangen, tief und meist traumlos geschlafen, vorausgesetzt, seine Frau nötigte ihm nicht noch Aufmerksamkeiten ab, was sich aber in bekannten Grenzen hielt. Es mußte schon viel geschehen, sollte sein Schlaf gefährdet werden, so wie damals, als er einem neuen Kunden eine großen Auftrag ausgeliefert hatte und sich anschließend herausgestellt hatte, daß dessen Zahlungsfähigkeit entgegen der eingezogenen Auskunft fragwürdig war, da hatte er schlecht geschlafen.

So war Neumann wiedermal nach einem gemütlichen Skatabend zu Bett gegangen und schickte sich an einzuschlafen. Seine Frau war nicht aufgewacht, obwohl, sicher konnte man nie sein: Frauen pflegen nun mal aufzuwachen, wenn ihr Mann des Nachts nach Hause kommt, und allemal, wenn er zu spät nach Hause kommt. Doch war es ihm auch recht, wenn sie nur so tat, als schliefe sie, dann hatte er am anderen Morgen keine Vorhaltungen zu erwarten, sollte er später als sonst gekommen sein. Das Geschäft lief wie üblich, also gut, und in der Familie gab es auch keine Sorgen. Ach ja, zufrieden zog er die Daunendecke an sich und unterdrückte gerade noch einen behaglich aufsteigenden Rülpser.

Doch wurde Neumann entgegen jeder Gewohnheit von einem Traum heimgesucht. Zuerst kratzte, knisterte und ächzte es unbestimmt. Dann hob sich aus dem Zimmerhintergrund etwas ab, wurde heller und größer, wurde so groß wie eine menschliche Gestalt, die sich ihm näherte, langsam und unheilvoll. Neumann schrie. Im letzten Augenblick bevor er aufwachte, kam es ihm vor, als würde er das Gespenst durch seine Aufwachen mißmutig stimmen. Was denn los sei, fragte seine Frau. Nichts, er habe nur schlecht geträumt. Sein Herz hämmerte, als wäre er zu schnell gerannt.

Diesen Traum hatte er schon vergessen, als es nachts wieder kratzte, knisterte und ächzte. Es kommt wieder, durchzuckte es Neumann. Da - grauer Schatten, heller werdend, größer werdend. Es gelang ihm abermals aufzuwachen, sein Schlafanzug klebte. Und zwei Nächte später das gleiche. Nun erzählte er seiner Frau die nächtlichen Begebenheiten. Sie meinte, sie habe auch schon Angstträume gehabt, die würden wieder vergehen, vielleicht habe er zu schwer zu Abend gegessen.

Doch dann erschien das Gespenst drei Nächte hintereinander. Nur knapp noch konnte er ihm durch Aufwachen entrinnen. Seine Frau fand, er sehe schon seit Tagen blaß aus, habe Augenringe und sei unruhig, ob er nicht einen Arzt aufsuchen wolle. Der empfohlene Facharzt für Neurologie und Psychiatrie erkundigte sich nach seinen Lebensumständen und danach, ob in seiner Familie Gemüts- oder Nervenleiden aufgetreten seien, was Neumann verneinte. Nach gründlicher Untersuchung faßte der Arzt zusammen, der Blutdruck sei ein wenig zu hoch, das Herz vielleicht ein bißchen mitgenommen, aber zu Besorgnissen bestehe keinerlei Anlaß, wahrscheinlich sei er überarbeitet. Mit einem Rezept für ein Kreislaufmittel und für Schlaftabletten wurde er freundlich entlassen.

Doch wurde Neumann schrecklicher heimgesucht als zuvor. Es schien, als wolle das Gespenst reden. Der Arzt meinte, er solle vorübergehend eine doppelte Dosis Schlaftabletten nehmen. Neumanns Vertrauen in die ärztliche Kunst schwand. Allerdings wurde er weder in dieser noch in der nächsten Nacht gestört. In der dritten Nacht nach dem letzten Arztbesuch begann Neumann jedoch zu schlottern. Das Gespenst gab, was es noch nie getan hatte, ein unheilkündendes Brummen von sich. Neumann überdauerte bei brennendem Licht.

Morgens im Betrieb brütete er, was er noch tun könne, um die nächtlichen Begegnungen loszuwerden. Ginge das so weiter, würde auch sein Betrieb darunter leiden. Ihm war, als wolle ihn das Gespenst nicht nur ängstigen, sondern auch schädigen, gesundheitlich und geschäftlich, als sei es neidisch auf sein gesichertes und friedvolles Leben, als wolle es ihm letztlich an den Kragen. Das Telefon unterbrach ihn, seine Sekretärin fragte, ob der Vertreter der Versicherung wie vereinbart vorsprechen könne. Er möge sich noch gedulden, beschied Neumann. Versicherung?

Was hatte der Versicherungsvertreter neulich gesagt, es gäbe gegen fast alle Gefahren eine Versicherung? Und war er nicht in einer Gefahr? Schon, aber es war gewiß eine ungewöhnliche Gefahr, der Vertreter würde ihn nicht ernst nehmen, wenn er ihm davon erzählte. Obwohl - seine Überlegung war im Ansatz zweifellos richtig: Ihm drohte Schaden, warum sollte er sich dagegen nicht versichern, falls möglich? Ihm fiel ein, da gibt es doch Lloyd´s, die im Rufe stehen, auch Risiken anzunehmen, die andere Gesellschaften ablehnten.

Neumann sprach bei Lloyd´s vor. Vielleicht falle sein Anliegen aus dem Rahmen, aber er habe gehört, Lloyd´s versichere gegen fast alle Risiken. Was hier gesprochen werde, sei selbstverständlich streng vertraulich, ermunterte sein Gesprächspartner. Er werde seit einiger Zeit von Angstträumen geplagt, berichtete Neumann, er habe das Gefühl, diese Angstträume könnten ihn körperlich und geschäftlich nachhaltig schädigen, und dagegen wolle er sich, falls möglich, versichern.

"Glauben Sie nicht, daß diese Angstträume wieder vergehen werden?"

"Es ist immer ein bestimmter Angsttraum", bekannte Neumann.

"Ein bestimmter Angstraum?"

"Ich meine, der Inhalt ist jedesmal der gleiche: Es tritt ein Gespenst auf, das mich bedroht."

"Und gegen was möchten Sie sich nun versichern?"

"Gegen die Schäden, die mir durch das Gespenst zugefügt werden können, körperliche und geschäftliche Schäden."

"Wenn Ihnen ein Schaden zustößt", bedachte der Versicherer, "woher soll die Versicherung wissen, ob dieser Schaden von dem Gespenst, sagen wir, von dem Angsttraum, verursacht ist?" Jeder überlegte, bis der Versicherer vorschlug:

"Schließen Sie doch eine hohe Krankenversicherung mit Tagegeld ab und versichern Sie sich gegen alle versicherbaren geschäftlichen Risiken, dann haben Sie vorgesorgt gegen die Schäden, die Sie befürchten."

"Das kann ich überall haben. Ich bin zu Ihnen gekommen, um mich gegen das Gespenst zu versichern, das heißt, gegen alle Schäden, die mir durch meine Angstträume zugefügt werden können."

"Aber nun sehen Sie mal", erläuterte der Versicherer, "Sie sagen, Sie befürchten gesundheitliche Schäden, die lassen sich vollumfänglich durch eine Krankenversicherung abdecken. Sie sagen, Sie befürchten geschäftliche Schäden, die lassen sich, das Verlustrisiko ausgenommen, ebenfalls abdecken. Und selbstverständlich können Sie noch eine Lebensversicherung dazunehmen. Damit sind doch alle möglichen Folgen ihrer Angstträume auf Gesundheit und Geschäft erfaßt, soweit sie versicherbar sind."

"Aber es ist keine Versicherung ausschließlich gegen meinen Traum", beharrte Neumann.

"Ich fürchte, eine solche ist versicherungstechnisch nicht möglich, da ein ursächlicher Zusammenhang zwischen Traum und Schaden nicht nachweisbar wäre." Neumann blickte bedrückt vor sich hin.

"Vielleicht kann Ihnen doch geholfen werden", wurde der Versicherer unverhofft lebendig, "wenn Sie eine Versicherung gegen die Folgen Ihres Traumes haben wollen", Neumann blickte auf, "so können wir alle genannten Versicherungen mit der Maßgabe abschließen, daß sie nur für die Folgen Ihres Traumes gelten. Man könnte Ihnen sogar soweit entgegenkommen, daß jeder Versicherungsschaden, den Sie als Folge des Traumes anzeigen, von uns als Traumschaden anerkannt wird. Mit anderen Worten: Als Nachweis für den Zusammenhang zwischen Traum und Schaden genügt Ihre Erklärung." Befriedigt lehnte sich der Versicherer zurück. Warum auch nicht? Warum sollte ein Kunde nicht auch eine Versicherung gegen Traumschäden haben, wenn sich das Risiko für die Gesellschaft dadurch nicht erhöhte? Es änderte sich ja nur die Deklaration. Er bot Neumann eine Zigarre an.

"Das wäre also eine Versicherung gegen die Schäden, die auf Grund meiner Träume entstehen können?"

"Jawohl, eine Versicherung gegen die als Folge Ihrer Träume entstehenden Schäden, soweit diese versicherbar sind. Sie zahlen dafür die üblichen Prämien, es steht Ihnen jedoch frei, die Schäden als Traumschäden anzumelden."

Neumann zog an der Zigarre: "Gut, dann möchte ich eine solche Versicherung haben, ab heute zwölf Uhr."

"Gerne. Wir werden Ihnen die Police und die Prämienrechnung zusenden."

"Ist es möglich, die Prämie gleich zu bezahlen und die Police mitzunehmen?"

"Können wir machen, wenn Sie sich etwas gedulden wollen." Neumann geduldete sich, schrieb einen Scheck aus und nahm die Police an sich. Dabei fiel ihm ein, daß er auf jeden Fall die geschäftlichen Prämien von der Steuer absetzen konnte.

In den folgenden Nächten schlief er zwar unruhig, doch ohne Gespenst. Er wagte nicht zu glauben, es für immer los zu haben, und auch nicht, diese Wohltat der abgeschlossenen Versicherung zu verdanken. Sein Mißtrauen erwies sich als berechtigt, denn in der siebten Nacht nach Abschluß der Versicherung vernahm er wieder die bekannten Geräusche. Zuerst ein leises Rascheln, dann ein lauter werdendes Scharren und Schnaufen. Aus der Düsternis des Schlafzimmers erhob sich der furchterregende Schatten, die Geräusche schwollen an, der Schatten wurde größer und heller und zeigte sich als Lebewesen. Neumanns Herz trommelte, und gleichzeitig fühlte er sich schwer und schlaff. Das Gespenst näherte sich langsam, sehr langsam. Neumann gelang es nicht, zu schreien, doch hatte er andeutungsweise seinen Oberkörper bewegt.

Das Gespenst wich wenige Fußbreit zurück, knurrend, als wolle man ihm seinen Fraß verweigern. Neumanns Herz schlug stoßweise und setzte aus in pausenlosem Wechsel. Das Gespenst wälzte sich erneut auf ihn zu, ruhig fließend, riesenquallig. Es will mein Leben, nein, nein, wollte er schreien, aber seine Stimme versagte. Das Gespenst umfloß ihn, und Neumann versank in dessen weißgrauer Masse.

"Mein Gott, mein Gott", Frau Neumann schüttelte ihren Mann, "so wach doch auf, sprich..." Aber Neumann blieb stumm. Der Arzt sagte, ein Herzschlag sei die Ursache gewesen.

IV

Schwarzlackiertes Treppenhaus

Wo gibt es noch eine schwarz lackierte Treppe durch das ganze Treppenhaus mit schwarz lackierten Staketen und einem roten Läufer? Wenn man von Kindheit an in diesem Treppenhaus rauf und runter gegangen ist, hält man schwarzlackiert mit rotem Läufer für selbstverständlich. So jedenfalls war es Baldwin ergangen, bis er eines Tages doch registrierte: Schwarz lackierte Treppen mit rotem Läufer - hm, doch irgendwie was anderes. Das war, als er die Treppe hoch gehen wollte, sie jedoch vollgestopft fand mit Menschen, die schrieen, gestikulierten, manche wollten sich durchboxen, nach oben, nach unten, während eine gelbbräunliche Flüssigkeit an der Treppenwange her-untertroff, sie ließ an Lymphwasser denken, an Verwun-dete und Leichen. Mittelpunkt dieses Auflaufes war ein Mann mit wohlgestaltetem Gesicht, der, eine halbe Treppe über ihm, ihn haßerfüllt anblitzte: "Dich hätte ich noch gerne abgemurkst." Obwohl Baldwin ihm nie was getan hatte. Abgemurkst. Zwei Männer schlangen ein Glock-enseil um den Mann, nocheinmal und nocheinmal. Von oben trat ein hakennasiger Mann hinzu, schaute den Ge-fesselten voll zufriedenen Hohns an und drückte eine Pi-stole an seine Schläfe. Die Menschen erstarrten, sahen auf die Pistole, gleich mußte es krachen, mußte der Gefesselte wanken, mußte Blut aus seiner Schläfe rinnen. Einige sa-

hen weg, weil sie den Anblick seines Todes nicht zu ertra-
gen glaubten. Der Hakennasige schaute abwechselnd auf
den Gefesselten und in die Menge, grinste zynisch, genoß,
Herr zu sein über eine schimmernde Waffe, über Geschrei
und Entsetzen, genoß, Schicksal zu sein. Wie sollte
Baldwin das verstehen? Natürlich mußte es etwas auf
sich haben mit dem Gefesselten und ihm, mit dem Ha-
kennasigen und dem Gefesselten und mit allen drum-
herum. Doch ließ das Geschehen nicht den Abstand zu,
um jemanden zu fragen oder sich selbst zu fragen - jetzt,
in diesem Moment, der auf so schauerliche Weise Tiefe
und Weite schenkte, der ihn hindurchblicken ließ durch
diese und andere Menschen, er sah, wie sie sich knäueln,
wie sie erstarren, umfallen, wie sie sich umarmen, sich
paaren, sah alle ohne Fleisch, sah nur ihre Knochen als
grünlich durchscheinende Röhren mit ebensolchen Köpfen,
und diese Knochen bewegten sich miteinander, gegeneinander, ineinander, unmöglich abzusehen, was daraus
werden sollte, jetzt oder jemals, und alles vor einem fer-
nen, kalten Licht, vor einem immer währenden Licht. Und
so gesehen war es im Grunde nebensächlich, ob der Hakennasige abdrückte oder nicht.

Jemand war umgekommen,

und er sollte schuld sein an seinem Tod. Es hatte zu tun mit einem Plastikbecher, der auf der Waschtischablage in seinem Hotelzimmer gestanden hatte. In dem Becher war eine Säure gewesen, die zu irgendetwas benutzt worden war, ein Rest war aus Nachlässigkeit drin geblieben. Und aus diesem Plastikbecher hatte jemand getrunken, warum und bei welcher Gelegenheit wußte er nicht. Danach hatte sich ein noch immer übriggebliebener Rest der Säure verdickt und war als gallertartige, durchsichtige Masse am Boden des Bechers haften geblieben. Diesen Rest kratzte er heraus, war aber nicht sicher, ob nicht Spuren blieben. Auf jeden Fall wurde nach dem Mörder gesucht.

So lag er morgens im Bett in diesem großen Hotelzimmer, in dem der Waschtisch sich befand mit der Ablage und mit dem Becher darauf, lag im Bett mit seiner Freundin. Sie waren bis über die Hüften mit einer Steppdecke zugedeckt, ruhten auf dem Bauch, die Arme etwas abgewinkelt, als Hotelpersonal hereinkam, zwei Frauen, die sich anschickten sauberzumachen und sich dabei zwanglos unterhielten. Seine Freundin schlief, er tat so, als schlafe er auch - in quälender Spannung, ob man einen Verdacht gegen ihn hege. Aber offenbar hatte man keinen, zumindest konnte er dem Gespräch der beiden nichts entnehmen, was darauf hätte deuten können.

Aber dann hatten sich viele Menschen, von denen er die meisten kannte, in einem Raum versammelt. Sie unterhielten sich züngelnd und wispernd über zu erwartende Dinge, die, falls sie einträfen, nie mehr rückgängig gemacht werden könnten, schreckliche Dinge mußten es sein. Sicher wurde auch der Tod durch den Säurebecher, den man als Mord ansah, von ihnen bezischelt in dieser oder jener Deutung, und die Spannung, die in dem Raum lag, gipfelte in der Frage: Wer war´s? Auch Kameraden aus frühen Schuljahren hatten sich eingefunden, unter ihnen Willi, der Nachbarjunge, der im Stall und auf dem Feld gearbeitet hatte, und der es schwer gehabt hatte in der Schule. Jetzt war er nicht nur erwachsen geworden, in seinem Gesicht lag zudem die Gewißheit des Wissenden. Und alle wußten, daß er´s wußte, zumindest wußte, wer in Frage kam. Respektvoll traten sie zur Seite vor ihm, es wurde ruhig. Der Wissende sah sich schweigend um, sah alle an, manche genau, manche übergehend, um mit einem Kreuz zu bezeichnen, wer als Schuldiger in Frage kam. Das erste Kreuz zeichnete er mit dem Zeigefinger auf die Stirn eines entfernter Stehenden. Nach dem zweiten Kreuz gelangte er in Baldwins Nähe, sein Blick strich über die Gruppe, in der er stand, wanderte weiter, kehrte plötzlich zurück und blieb auf ihm haften. Er faßte ihn ins Auge und zeichnete das Kreuz auf ihm.

Zwei Kinder sind ermordet worden,

in ein Rad geflochten, ihre Hälse waren sogar noch um eine Speiche gedreht. So sind sie gestorben, zart, gelöst und heiter wie auf einem lieben Kinderbildchen.

Ob er es aufklären könne? Er tritt durch die Haustüre ins Freie, da durchzuckt es ihn: Jetzt umkehren, dann klärt sich´s auf. Er stürzt zurück und prallt auf eine Frau mit knochigem Gesicht und stechendem Blick, die linkerhand gerade zögernd aus einer Türe tritt. Ihre Kräuselhaare leuchten, ein brünetter Furienschein. Er holt aus zu einem fürchterlichen Tritt. Sie wendet sich blitzschnell um und wirft die Türe hinter sich zu. Er verfolgt sie, doch sie entkommt. Und nichts wird aufgeklärt.

Verdächtig gemacht

Er lag auf dem Kanapee, auf dem er zu ruhen pflegte, wenn er müde war oder erschöpft. Er ruhte mit offenen Augen, die auf das Souterrainfenster gerichtet waren unmittelbar unter der Decke. Vor dem Fenster erschienen überraschenderweise zwei Gestalten, eine uniformierte und eine in Zivil. Beide schauten unablässig und höchst interessiert durch das Fenster und tauschten Bemerkungen, die er nicht hören konnte. Der Uniformierte schaute ihm schließlich geradewegs ins Gesicht. Sieht er mich oder sieht er mich nicht? Wie jeder weiß, kann die Glasscheibe eines doppelt verglasten Fensters je nach Lichteinfall stark spiegeln - und außerdem: Schaut man durch ein Fenster in einen von außen und innen unbeleuchteten Raum, ist in ihm schwer etwas zu erkennen. Ein Zufall dann, daß der mich anschaut?

Sicher handelte es sich bei dem anderen um einen Kriminalbeamten. Sie glaubten wohl, im Hause wohne ein Verdächtiger, oder es sei ein Verbrecher in das Haus eingedrungen, um sich zu verstecken. Ihn jedenfalls konnten sie nicht meinen, ihn, der sich strafrechtlich unschuldig auf dem Kanapee streckte. Nachdem sie vergeblich versucht hatten, das Fenster einzudrücken, zog der Uniformierte eine Pistole, deren Lauf er etwa zwei Handbreit vom oberen Fensterrahmen entfernt und fast parallel zum Glas gegen den Fensterkitt richtete. Er schoß in den Kitt, setzte daneben an, schoß wieder und machte sich daran, den Kitt an allen Seiten zu durchlöchern. Offenbar wollte er auf diese Weise die Scheibe freilegen, um sie dann herauszuheben, und wahrscheinlich wollten sie mit der zweiten ebenso verfahren.

Während des Schießens, das lauter hätte sein können, sah Baldwin nur noch den Uniformierten vor dem Fenster. Als der mit seiner Schießerei an der äußeren Fensterscheibe beinahe fertig war, zeigte sich, daß sich der andere in der Zwischenzeit an der verschlossenen Eingangstüre zum Souterrain zu schaffen gemacht hatte. Denn der mit der Pistole verschwand vor dem Fenster, die Türe vom Flur des Souterrains in sein Zimmer ging auf, die beiden verhielten unter der Türe und sahen ihn an. Was er da mache, wollte der Mann von der Kripo wissen. Das sehe er doch, er ruhe sich aus. Der Uniformierte schwieg und schüttelte den Kopf, und der Kripotyp sagte, nachdem er mit dem Kollegen einen Blick getauscht hatte: "Sie haben sich verdächtig gemacht!"

Das Hühnchen

Früher schon hatte er mal was erschossen. Aber das war so lange her, daß er sich nicht mehr erinnern konnte, um was es sich handelte. Übrig geblieben war ein dunkler Fleck in seinem Gedächtnis, ein Schatten, der gelegentlich zu sprechen begann: Hier, in diesem Schatten lebt, was du vergessen wolltest.

Vor ihm bewegte sich ein Hühnchen, zart und flauschig. Seinen Schlund sah er als dunkelrote Röhre, die vom Kopf bis in den mageren Körper reichte. Er zögerte, wollte nicht, auch war das Gewehr nicht greifbar. Schon als Kind hatte er etwas dagegen gehabt, Tiere zu töten, vor allem hatte er nicht gemocht, wenn Schulkameraden mit Luftgewehren hinterhältig auf Vögel schossen. Und ein Hühnchen war doch nichts anderes als ein auf der Erde gelandeter Vogel, dazu verurteilt, sich nie mehr zu erheben.

Schließlich tat er's doch - aus nächster Nähe, aus zwei Meter Entfernung vielleicht. Ein furchtbarer Krach zuerst, eine Staubwolke, und nichts war zu sehen vom Hühnchen. Er fühlte sich schlecht, fühlte sich speiübel, von den Zehen bis in die Haarwurzeln. Nachdem die Wolke sich gelegt hatte, entdeckte er nach einigem Rumgucken den Kopf des Hühnchens blutend am Boden liegen. Ihm war, als seien seine Hosenbeine mit Blut bespritzt. Er drehte sie nach hinten, nach vorne, doch nichts war festzustellen. Dann sah er den zerzausten Körper des Hühnchens, das weiterpickte, nur mit dem Hals, immerzu weiterpickte. Ohne Kopf. Als ob es gar nicht aufhören wollte, zu picken. "Nun hör doch endlich auf", sagte er gequält. Das Hühnchen pickte bald langsamer und schwächer, fiel schließlich um und war tot.

Unerwartete Besuche

Wahrscheinlich war der Raum, in dem er jetzt lebte, mal
ein Lager gewesen: etwa doppelt so hoch wie für Wohn-
zwecke üblich und keine Fenster, zu denen man hätte
hinaussehen können, nur oben in der Nähe der Decke waren welche, doch drang kein Sonnenlicht durch sie. Sie be-
ließen die Behausung in einem Dämmer, dem nur durch
künstliche Beleuchtung abzuhelfen war. Den Raum füllten
eine riesige Bettstatt in der hinteren linken Ecke, vom Eingang aus gesehen, und eine andere, mehr tagesgebräuchli-
che, aber ebenfalls übergroße Liege in der gegenüberlie-
genden Ecke der Rückwand, ansonsten häuften sich un-
übersichtlich viele Möbel, die gerade noch für Gänge Platz
ließen.

Ein Teil dieser Möbel gehörte Lady Austen, die berechtigt war, den Raum zu betreten, und die das häufiger
tat, ohne ein "Herein" abzuwarten, und manchmal sogar
ohne anzuklopfen. Dabei hatte sie auch mal gesagt, sie
habe geklopft, doch konnte er das Gegenteil nicht bewei-
sen, wollte es auch nicht, denn es wäre ihm schwer gefal-
len, vielleicht unmöglich gewesen, gegen Lady Austen an-
zutreten. So war sie auch jetzt wieder erschienen, plötzlich war sie da und näherte sich entschlossen einem Möbel, an dem sie etwas zu tun beabsichtigte. Eine Sechzi-
gerin mit unauffälligem grauem Haar, in einem unauffälli-

gen Kleid, das eine Gestalt umhüllte, wie sie gang und
gäbe war unter stattlicheren Frauen ihres Alters. Die Un-
auffälligkeit selbst hätte sie verkörpern können, wäre
nicht ihre Art und der dazugehörige Gesichtsausdruck
gewesen. Und der sagte: Eine Frau, die sich nie gemein
macht, die kaum jemals die Fassung verliert, vielleicht sogar niemals, eine Frau mit verhaltenem, aber unerschüt-
terlichem Selbstbewußtsein, dessen Wurzeln wohl älter
waren als sie selbst. Noch lebenskräftiger Adel, welcher
Art auch immer. Ihren Namen hatte er vergessen, auch, ob
es ein Adelsname oder ein bürgerlicher gewesen war, für
ihn war sie Lady Austen.

Lady Austen steuerte also mit durch Generationen
genährtem Selbstbewußtsein auf einen Schrank zu, nicht
um sich sehend, ob sich außer ihr jemand im Raum befinde. Er ging auf sie zu und begrüßte sie, als sich auch
schon seine Freundin Rahel näherte, die der Tagesliege eilig entstiegen war. Rahel, jung, biegsam und ehrgeizig,
hatte Lady Austen noch nie gesehen und noch nie etwas
gehört von ihr, doch witterte sie in Lady Austen sofort
eine Persönlichkeit, witterte Bedeutendes und wurde ma-
gisch angezogen. Rahel gesellte sich also hinzu und wartete begierig darauf, Lady Austen vorgestellt zu werden.
Was ihn in Verlegenheit brachte, da er, wie gesagt, Lady
Austens Namen vergessen hatte und außerdem nach Ra-
hels Nachnamen suchen mußte. Rahel wandte sich gei-
stesgegenwärtig an Lady Austen und sagte aufs Liebens-

würdigste, sie sei Rahel Rasche und soeben zu Besuch hier. Sie konnte ja so unwiderstehlich lächeln, wenn sie wollte, man mußte ihr dann einfach glauben, daß sie gerade diesen Menschen, der sich soeben ihres Lächelns erfreuen durfte, überaus schätzte und mochte. Selbst Lady Austen konnte sich nicht völlig ihrem Charme entziehen und nannte nach einem verhalten strafenden Blick auf ihn ihren Namen. Worauf Rahel sofort zu einem Gespräch fand, gleich einer geübten Läuferin, die nur auf das Startsignal gewartet hatte.

Doch blieb Lady Austen nicht der einzige Besuch an diesem Vormittag. Durch die unabgeschlossene Türe strömte eine Familie herein, ein Dutzend oder noch mehr Personen. Sie wollten sich umsehen hier, hieß es, sie wollten sich hier vorübergehend aufhalten. Sie strömten herein, füllten die Gänge und sahen sich um. Dabei aufdringlich gestikulierend und einander zurufend oder zuschreiend, als sei das ihr gutes Recht, als gebe es hier niemanden außer ihnen. Ja, ein Kind, das merkwürdigerweise schwarze Netzstrümpfe trug, bewarf ihn mit irgendetwas und traf. Er wurde wütend und holte aus, um das Mädchen zu ohrfeigen. Doch entzog es sich, er versuchte es nochmals, es gelang ihm wiederum nicht. Das ist eine Besetzung, ganz einfach eine Besetzung, stellte er betroffen fest. Rahel und Lady Austen waren aus seinem Gesichtskreis entschwunden, vielleicht waren sie noch anwesend, vielleicht auch nicht. Was sollte er machen gegen den ganzen Clan? Es war zu spät. Und weil es zu spät war, konnte es noch viel schlimmer kommen. Wie hatte alles angefangen? Damit, daß er so dumm gewesen war, sich in fremden Möbeln einzuwohnen, wodurch Fremde beanspruchen konnten, hereinzukommen. Besser wäre gewesen, in einem Hotelzimmer zu leben, selbst im schäbigsten, tausend mal besser, dort braucht man sich um nichts zu kümmern, kann ausziehen, wann man will, und alles bleibt unverbindlich. Doch kam diese Einsicht zu spät, denn es näherten sich zwei massige, buntbetreßte und hinterhältig grinsende Uniformierte, die gekommen waren, ihn abzuholen, ihn in ein Strafbatallion zu stecken, fürchtete er, wenn nicht noch Schlimmeres.

Gefangen

Zwei kahle, hohe Wände bildeten eine rechtwinklige Ecke und umschlossen einen unebenen Boden, der aus lockerem Morast bestand. Die Gefangenen trugen zerlumpte Uniformen, verdreckt durch den Morast. In der Ecke saß der General, der Tausende hatte umbringen lassen, und er, der Hinzugekommene, bis vor kurzem noch einfacher Soldat, unterhielt sich mit ihm, genauer: sie unterhielten sich, ganz normal und mit einer gewissen Verbundenheit, die aus dem gemeinsamen Schicksal herrühren mochte. Der General sank immer tiefer in den Dreck, Baldwin auch, aber der General noch mehr. Sie bemühten sich, nicht im Dreck zu versinken, indem sie sich mit den Händen vom Boden abstützten, vor allem aber, indem sie ihre im Dreck ausgestreckten Beine anzuheben versuchten. Doch nützte das wenig, denn kaum waren die Beine aus dem quietschenden Morast etwas herausgehoben, und kaum waren die Muskeln entspannt, begannen sie schon wieder einzusinken.

Ja, sie unterhielten sich fast freundschaftlich. Bis ein Offizier der Sieger erschien, glänzende Schulterstücke trug er, auf seiner Brust prangten Lametta und Orden. Mit der Pistole in der Hand ging er auf den General zu. Der General wird erschossen! Der sah den Siegersoldaten auf sich zukommen und wußte Bescheid. Der General saß mit aufrechtem Oberkörper, die Beine noch immer ausgestreckt im Dreck. Gleich mußte es knallen. Baldwin schaute weg. Aber es knallte nicht, und als er wieder hinschaute, hatte der Siegersoldat an des Generals Schläfe ein Röhrchen angesetzt, eine knappe halbe Hand lang und gut daumendick, es schimmerte schwärzlich und war von dunkelroten Adern durchzogen. Ein Exekutionsröhrchen. Der General ließ es gefaßt über sich ergehen, jede Sekunde den Tod erwartend. Doch es dauerte und dauerte, und Baldwin dachte, muß man den Kerl so quälen? Schließlich krachte es doch, der Oberkörper des Generals schwankte und sank in den Dreck. Die Gefangenen waren erregt, taten aber gleichmütig, sehnten sich nach einer Zigarette. Für Baldwin war er, als sie sich so lange unterhalten hatten, ein normaler, ein eher freundlicher Mensch gewesen.

Schotter kennt kein Gras

Hätte Baldwin nicht gewußt, daß er es sein mußte, hätte er ihn nicht wiedererkannt. Der Krieg hatte sie getrennt, nach enger Freundschaft. Rosig und hoffnungsfroh war er fortgegangen.

Fahl und faltig kehrte er wieder, seine Augen hatten sich zurückgezogen, waren klein geworden, hart und verletzlich zugleich, wollten niemanden heran- noch hereinlassen. "Was es war?", sagte er, "laß es - lassen wir das", und wandte sich ab. Berührte ein Gespräch auch nur andeutungsweise seine Kriegszeit: "Lassen wir das." Nach Jahren, als überhaupt nicht von ihr die Rede war, sagte er, ohne Baldwin anzusehen: "Schotter kennt kein Gras. Und siehst du doch mal ein paar Hälmchen, sind sie vergiftet von dem, was über sie geschüttet wurde. Es ist nicht der natürliche Schotter, der am Fuß von Felswänden sich ausbreiten kann, den meine ich nicht, es ist der von Menschen zubereitete. Und wenn du auf diesem gehst, tagelang, monatelang, und wenn deine Schuhe schließlich von ihm aufgerieben, durchlöchert und zerfetzt werden, unaufhaltsam Tag für Tag, dann, mein Lieber, gehst du eines Tages - daß Schottersteine spitz sind, weißt du wohl -, dann gehst du auf diesem Schotter eines Tages mit nackten Füßen, erst mit einem nackten Fuß und dann mit beiden. Und jetzt kannst du weitergehen und dabei verbluten oder dich vergiften oder du kannst ganz einfach liegenbleiben. Oder es geschieht ein Wunder, für einen unter vielen. Nur für einen unter vielen, der dann damit leben muß."

V

Von Anfang an war klar,

daß es unter Tag gehen sollte. In einem zementgrauen Gang mit glatten Wänden und mit Rohrleitungen an den Seiten, aus denen etwas Dampf austrat, schritten sie voran, so selbstverständlich wie seinerzeit der Gang wohl gebaut worden war. Oder doch nicht so selbstverständlich? Denn die Erbauer der Röhre hatten gewiß einen Zweck verfolgt, sie wollten vielleicht etwas fördern oder zwei Orte unterirdisch verbinden oder sonst etwas nützlich Erscheinendes vollbringen. Dagegen war Baldwin in diese Röhre geraten, ohne im geringsten darüber nachzudenken. Wie die anderen wohl auch, die alle in seiner Richtung sich bewegten.

Der klar umrissene und hell gehaltene Gang ging über in einen Stollen, der zunächst nur noch stellenweise betoniert war und dann gar nicht mehr. Nun wurde er von kantigen Felsen begrenzt, und der Boden bestand aus Steinen oder festgetrampelter Erde. Es war dunkler geworden, die Leute gingen in größeren Abständen, wirkten schlechter gekleidet als zuvor und manche begannen herumzulungern, oder man traf auf Lungernde und war nicht sicher, ob sie jemandem auflauerten. Konnte Vetter Trillzik unter ihnen sein, der ihn als Kind in Gangsterfilme mitgenommen hatte, die für Jugendliche verboten waren?

Je bedrohlicher der Gang wirkte, um so nervöser und

unberechenbarer wurden die Menschen, es gab Rempeleien und in der Ferne wohl auch eine Schlägerei. Einen einarmigen Ringer hörte man höhnisch röhren, er hatte soeben jemanden zu Boden geworfen. Doch unversehens wurde es schummrig licht, dann heller, und so unwiderstehlich wie er in die Röhre hineingelangt war, trieb es ihn, zusammen mit anderen, wieder hinaus ins Freie, wo ihn die Abendsonne umfing.

Haufen und Häufchen

Kalt und unwirtlich war es auf seiner Wanderung, den ganzen Tag schon. Er fror durch und durch, erreichte jedoch ein Gasthaus, in dem Zimmer vermietet wurden. Von einer freundlichen, vollbusigen Bedienung mit erwartungsfrohen Augen wurde er in ein Zimmer geleitet. Es war Gitta, mit der er früher mal zusammen war, die ihn jedoch nicht erkannte. Auch andere Leute, denen er früher begegnet war, und die er jetzt wieder sah, schienen ihn nicht zu erkennen.

Ein riesiges Bett mit einer weinroten Steppdecke füllte fast den Raum, vier oder fünf Menschen hätten sich bequem darauf strecken können. Staub lag in Inseln auf der Decke, doch mußte man schon genau hinsehen, um ihn zu bemerken. Er legte sich auf das Bett, nirgendwo fühlte er sich eingeengt, ein grenzenloses Bett. Eine Bedienstete des Hauses erschien, eine frühere Freundin von ihm, und machte sich in dem Zimmer zu schaffen, später traf er sie in den Gängen wieder, doch auch sie erkannte ihn nicht.

Er verließ den Gasthof, um vor der Nacht noch spazierenzugehen. Sah in einiger Entfernung Menschen, darunter Freunde und Bekannte. Auf den Feldern standen Haufen, wahrscheinlich Strohgarben, auf den Äckern ebenfalls, vielleicht aus Rüben, vielleicht auch aus Steinen oder einfach nur aus Erde, spitz zulaufend zum Teil. Alle

Haufen waren graubraun und sahen sich ähnlich, und die Menschen waren aus wachsender Entfernung immer mehr als ähnliche Erhebungen zu sehen. Mit sinkender Dämmerung verschwammen die Haufen und die Menschen ineinander, und schließlich gab es nur noch Haufen und Häufchen, der Witterung ausgesetzt, die sie abtragen würde, bis sie nicht mehr zu unterscheiden wären von der Erde, auch wenn neue Haufen und Häufchen entstehen würden, an diesen oder anderen Stellen.

Sonnenschein unvermutet

Auf dem Parkplatz standen vor allem neu wirkende Kleinwagen. Drei davon, nicht weit auseinander, trugen die gleiche hellgrünliche Farbe, die trotz der Dunkelheit zu erahnen war, und alle, auch die andersfarbigen, wirkten sehr sauber. Er setzte sich in den vor ihm stehenden R 4 auf den Fahrersitz. Das war schön so, er hatte eine Aufgabe oder konnte eine haben - und brauchte nichts zu tun. Er fühlte sich unbelästigt aufgehoben und konnte seinen Gedanken nachhängen. Oder ein wenig dösen. Das mußte er wohl getan haben, als er außen an der Fahrertüre etwas hörte, und im Wacherwerden war ihm, als ob jemand gebückt die Türe säuberte. Das konnte eigentlich nur der Besitzer des Wagens sein. Unwillkürlich machte er sich hinter dem Lenkrad klein. Wie peinlich, wenn der jetzt die Türe aufmachte und ihn bemerkte, einen Fremden in seinem Wagen. Trotz der Dunkelheit mußte der Besitzer sehen, daß da jemand saß. Er kauerte sich so tief es ging, und hatte den Eindruck, es waren jetzt zwei Leute, die den Wagen putzten. Sollte er nicht besser versuchen, die Seite zu wechseln, um vor den rechten Sitz zu gelangen? Dort könnte er tiefer abtauchen. Doch war etwas dazwischen, so ähnlich wie ein Kästchen. Aber wenn die draußen wieder gebückt arbeiteten, wollte er´s versuchen. Er mußte einfach drüberrutschen. Jetzt! Es war gelungen, er kauerte vor dem rechten Sitz, schon ein bißchen weiter weg und sicher nicht mehr ganz so aufdringlich sichtbar. Dennoch, wenn jemand so sorgfältig den Wagen säubert, dann macht er irgendwann auch die Türe auf, das geht gar nicht anders. Und dann? Schon als er noch auf dem Fahrersitz gesessen hatte, war es ihm vorgekommen, als hätten sie - inzwischen war es heller geworden - durch die Scheibe geguckt.

Da ging die Türe am Fahrersitz auf. Langsam streckten den Kopf herein: Der Besitzer, seine Frau und ein bezauberndes Mädchen, drei oder vier Jahre alt. Baldwin stellte sich schlafend, hielt jedoch einen winzigen Augenschlitz offen. Das Kind strahlte so lieb, daß er unwillkürlich beide Augen weit öffnete, ihm in die Augen sah -und das Kind sah im gleichen Moment auch ihm in die Augen und lächelte ihn leuchtend an. Er konnte nicht anders, er lächelte zurück. Da machte das Kind ein Gesicht wie zuvor. Es war eindeutig, es wollte sagen, ich hab´ dich gar nicht gesehen, denn wir bemerken uns nicht. Bevor das Gesicht entschwand, schien es nochmals zu lächeln.

Ablegestelle

Einen steifwandigen Koffer aus Kunststoff in hellbeigem Pepitamuster, trug er in der Hand, als er an den Fluß kam und an die Holzbauten. Sie standen am Wasser oder auf Pfählen im Wasser, dienten als Lager, als Arbeits- oder Wohnräume oder als überkommene Gelegenheit, nicht mehr gebrauchte Gegenstände in umwandetem Dämmer zu lagern, um sie alsbald zu vergessen.

Umgeben von Booten und Bootsgerümpel überblickte er die Anlegestelle, um sich vertraut zu machen und um Hinweise zu entdecken, ob er von hier flußabwärts weiterkommen könne. Und während er sich so umsah, wurde es heller und heller, was ihn erwartungsvoll in den weichenden Morgennebel blinzeln ließ: Ja, es ist einfach großartig, wenn am späten Vormittag die Sonne sich durchkämpft, wenn sie Farben erwachen läßt, tiefer atmen läßt, wenn sie einen Fluß und eine Landschaft sich erstrecken läßt, kurzum, wenn sie der Seele Weite schenkt. Doch nicht nur Weite, auch streifende Nähe ward ihm zuteil. Zuerst sah er nur Haare zwischen ihm und der aufkommenden Sonne, brünette Haare und blonde, Haarprachten, die als durchleuchtete Mysterienkränze sich näherten. Sie umrankten lächelnde Mädchengesichter, die an ihm vorübergingen.

Er folgte ihnen in einen Holzbau, in dem Kinder und

Erwachsene, wohl gut ein Dutzend Menschen, auf Bänken um einen schlichten Holztisch saßen und sich anschickten, zu Mittag zu essen. Es bedurfte keiner gesprochenen Einladung, er war eingeladen, so selbstverständlich, als gehöre er schon immer dazu. Und noch bevor er sich gesetzt hatte, war ein Teller mit Besteck darin für ihn geholt und hingestellt.

Doch schlich sich in diese wundersame Geborgenheit eine Unruhe, die er zunächst kaum bemerkte, die ihn dann aber zu stören begann, bis schließlich ihre Ursache zur Gewißheit sich verdichtete: Es war der Pepitakoffer, den er nicht mehr bei sich hatte. "Na, nun wirklich eine Nebensächlichkeit, aber wirklich", beruhigte er sich, den Gedanken an den Koffer verscheuchend, "den habe ich hier irgendwo stehen lassen, kein Problem, brauch´ ich nur wieder an mich zu nehmen, nach dem Essen." Nach dem Essen. Weiter schwamm er in gedankenfreiem Wohlbehagen. Und wurde gewahr, um wen die Runde sich scharte, um einen hünenhaften Mann mit kurzem Haar, in verwaschenem Hemd, jugendlich und reif zugleich, seine wenigen zurückhaltenden Bewegungen ließen unstörbare Sicherheit erahnen. Er war Herr und Mittelpunkt hier, und es kam ihm vor, als müßte er Harald heißen.

Ja, und später ging´s hinaus auf den nun sonnenbeschienenen Anlegeplatz. Er stieg gerade in das angewiesene Boot, als ihm brandheiß der fehlende Pepitakoffer einfiel, der Pepitakoffer, der neben ein paar Habseligkeiten zwei Arbeiten von ihm enthielt, die ihm wichtig waren, die ein Teil von ihm waren, die einzigen vielleicht, die noch erhalten waren. Aufgeregt stieg er aus dem Boot, suchte den Koffer auf dem Anlegeplatz, ging zurück in die Holzbauten und suchte ihn dort. Nach und nach jedoch beschlich ihn die trostlose Ahnung, solange er auch suchte, nie mehr würde er ihn finden.

Ein Teil von ihm verloren, er war nicht mehr der, der er gewesen war. Der Nachmittag mochte sich neigen, während er suchte und suchte, unablässig suchte, zum Suchautomaten wurde, dessen Uhrwerk langsam schwächer wurde, und der dennoch das Suchen nicht lassen konnte. Und das, obwohl er nun mit letzter Sicherheit wußte, er würde ihn nie mehr finden, den Pepitakoffer. Nie mehr. Und trotzdem suchte er weiter, bis die Dämmerung ihn erlahmen ließ.

Am nächsten Morgen befand er sich alleine auf der Ablegestelle, wieder wurde es heller, wieder kämpfte die Sonne sich durch, und da überkam ihn eine Kraft, die ihn sagen ließ: "Dieses Mal mache ich es anders, ich mache es ganz einfach anders". ´Anders´ ist, wenn ein frischer Wind aufkommt nach langer Windstille, ein Wind, der gefallene Blätter erst in Kreisen sammelt, um sie dann pustepust hinwegzufegen. Und das tat er, der Wind, und raunte ihm zu: Neues wirst du beginnen. So wird es werden - Neues wird entstehen.

Haus mit Ausstrahlung

Von weitem fiel es nicht auf und von nahem eigentlich auch nicht. Erst dicht davor war zunächst zu ahnen und dann zu bemerken, das Haus mußte unbewohnt sein. Eingewachsen war es, verträumt und verwunschen, wie man es in Romanen liest, wenn Idylle beschrieben werden soll. Und wie Künstler, wie Deutende und Denkende es sich wünschen, oder wie junge und nicht mehr so junge Frauen es sich erhoffen, wenn ihre Zukunft sie noch träumen läßt, auch wenn ein Traum gerade verweht - oder ein früherer verflogen ist wie der Flaum einer Pusteblume.

Mit Beatrice stand er vor dem angerosteten, von Rosensträuchern überwachsenen Gartentor und betrachtete ein Haus, dessen Größe nicht auffiel, wohl aber seine Gestalt. Über beide Stockwerke erstreckte sich ein Erkervorbau, das Haus war holzverschalt, und das Dach schmückten verzierte Gauben, die bescheiden, aber auch lieb-vorwitzig auf die Bäume, durch die Bäume hindurch und an ihnen vorbei in die Gegend lugten. Dachgauben, die nicht ausschlossen, daß eines ihrer Fenster jederzeit zaghaft geöffnet werden konnte, um ein freundlich weltfremdes Gesicht erscheinen zu lassen - oder zumindest nicht ausschlossen, daß unversehens sich hinter ihnen etwas bewegte. Aber es regte sich nichts.

Nachdem sie es besichtigt hatten, war klar: Wenn

Beatrice´ älterer und allein lebender Bruder Georg sich an der Miete beteiligte und oben einzog, konnten sie es sich leisten. Sie mieteten, wandelten im Haus und öffneten die knarzenden Fenster. Der eintretende Luftzug ließ Spinnweben zittern, während sie durch die Räume schweiften und eine Zukunft erschnupperten, die etwas mit ihren schönsten Träumen zu tun haben mußte.

Und das Haus spendete und spendete. Auch deshalb so großzügig, weil sie Rücksicht nahmen auf seine Eigenheiten, auf seine Individualität, kann man sagen. Obwohl der Vermieter ihnen Umbauten außen und innen gestattet und sogar mitfinanziert hätte, taten sie nichts dergleichen. Sie ersetzten die Sprossenfenster nicht durch dicht schließende Doppel- oder Dreifachfenster mit ununterteilter Fensterfläche, sie setzten weder Solarplatten noch eine Fernsehantenne auf´s Dach, sie verwüsteten den Weg vom Gartentor zur Haustüre nicht mit Betonplatten, sondern füllten Kies nach, sie rodeten ein wenig den Garten, ließen ihm aber seinen Charakter. Als einzige Veränderung verbanden sie zwei Zimmer durch eine Schiebetüre, wobei sie einen Sturz entdeckten, passend für die erwünschte Türe. Offenbar hatte schon der gelobte Architekt des Hauses eine Verbindungstüre schaffen wollen oder er hatte den Sturz vorsorglich einziehen lassen. Sie änderten also nicht seinen Entwurf, sondern folgten ihm. Ansonsten reparierten und renovierten sie mit

Materialien, wie sie zuvor verwandt worden waren. So kränkten sie das Haus nicht durch gefühllose Eingriffe, sondern schützten es gegen die Witterung, stärkten und erfrischten es, auf daß es atmete, lebte und Freude spendete.

Und das Haus dankte es ihnen. Mit ihrem Einzug begann eine gute Zeit. Nicht daß sie allabendlich ein Dankeslied gesungen hätten, nicht daß sich in ihrem Leben aufsehenerregende Erfolge eingestellt hätten, nicht daß sie plötzlich andere Menschen geworden wären, das alles nicht. Doch gingen sie froher und lockerer miteinander um, jeder fühlte sich jedem zugeneigter, und ebenso begegneten sie auch anderen Menschen freudiger, was wohltuend auf sie zurückfiel.

Der im Dachgeschoß wohnende Georg lächelte sogar des öfteren, was er früher nur selten getan hatte. Er wirkte zwar immer noch fern, sehr fern, schien ihnen aber bleibend dankbar, daß sie keine weiteren Anforderungen an ihn stellten, als im Turnus die Treppe zu säubern, die Mülleimer rauszustellen und einen Teil der Gartenarbeit zu übernehmen. Sie erwarteten von ihm also nicht, daß er statt dreißig Zigaretten täglich nur zwanzig rauchen sollte, daß er weniger Kaffee trinken sollte, oder daß er nach Feierabend oder an Wochenenden weniger lange mit seiner Eisenbahn spielen sollte.

Sie kamen ihm auch nicht mit Ermunterungen, was er für sein Glück doch tun solle, etwa joggen oder Kräutertee trinken oder sich binden. Nicht daß Georg etwas gegen Frauen gehabt hätte, ganz im Gegenteil, aber oft seien sie anstrengend. Auch die Gutartigeren, mit denen eigentlich auszukommen sei, erwarteten doch ständig etwas von ihm, daß er mit ihnen einkaufen, ins Kino oder spazierengehe, im Haushalt helfe oder häufiger mit ihnen schlafe, als er Lust dazu habe, kurzum, jede erwarte auf ihre Weise, daß er sich ständig um sie kümmere, und das falle ihm um so schwerer, je älter er werde, und er sei ja schließlich schon über fünfzig. Was er eigentlich wolle, wenn schon keine Frau ständig um sich? Am liebsten so früh wie möglich pensioniert werden, meinte Georg und dachte gewiß an seine Eisenbahn.

Manchmal, wenn die Witterung es erlaubte, trafen sie Georg im Garten an, versunken in sich gekauert, mit einem Ausdruck, der auf nichts Bestimmtes schließen ließ. Er lächelte scheu, wenn sich jemand näherte, fast sich entschuldigend, und verschwand. Allerdings dauerte es nicht allzulange, bis Georgs Gartenaufenthalte zu gewissen Stunden seltener wurden, denn Beatrice hatte zu einem Zeitpunkt, der kein längeres Zögern mehr zugelassen hätte, ein Kind bekommen, das sie gerne im Kinderwagen in den Garten brachte, die frische Luft tue ihm gut, meinte sie. Beflügelt durch ihr gehobenes Lebensgefühl, hatten sie sich das Kind gestattet. Obwohl Baldwin schon länger dem Alter entwachsen war, in dem man normalerweise noch Kinder in die Welt setzt.

Eines sonnigen Tages war Beatrice wieder mal dabei, den Kinderwagen in den Garten zu schieben, als ihr ein weißhaariger, gebückter Mann auffiel, der am Gartentor stand und längere Zeit in den Garten und auf das Haus schaute. Dann weiterging, nach einer Weile zurückkehrte, wieder vor dem Gartentor stehenblieb und wieder das Haus betrachtete. Sie ging zum Tor, der Alte schien verlegen zu werden und wollte gehen, doch Beatrice war schneller.

"Kann ich Ihnen helfen?" fragte sie freundlich.

"Ich weiß nicht... ich glaube nicht." Er schaute die Straße entlang, als müsse er jetzt auf ihr zurückgehen.

"Sie können gerne hereinkommen, wenn Sie das Haus ansehen wollen", lud Beatrice den Alten ein, den sie vertrauenerweckend fand und der ihr Mitleid erregte, sie hätte nicht sagen können, warum. Der Alte zögerte, schien mit sich zu kämpfen, schaute Beatrice aus wässrigen Augen wehmütig an und sagte leise: "Wenn Sie es erlauben..." Beatrice öffnete ihm das Gartentor, der Alte atmete tief und faßte in seine Manteltasche, als suche er dort etwas, ein Taschentuch vielleicht. Er sah vor sich hin, um den Weg nicht zu verfehlen, blickte sich dann um und fragte bescheiden, ob er auch drum herum gehen dürfe, was Beatrice ebenso freundlich gestattete.

"Wissen Sie", gab der Alte schließlich Auskunft, "ich habe in diesem Haus mal gewohnt, das heißt, meine Eltern haben in ihm gewohnt." Er faßte suchend in seine Manteltasche.

"Sie haben hier gewohnt?"

"Ja." Der Alte schaute sie von unten herauf an, ein mildes Lächeln schimmerte kurz in seinen Augen. "Sie brauchen sich nicht zu fürchten, ich will nichts von Ihnen - und schon gar nicht hier wohnen." Hatte in diesem Zusatz nicht eine Abneigung oder ein Schmerz durchgeklungen?

"Kommen Sie doch rein, selbstverständlich können Sie es auch innen ansehen", lud sie ihn ein und rief in den Hauseingang: "Baldwin, wir bekommen Besuch."

"Sehr liebenswürdig", bedankte sich der Alte, "ich heiße Kerschenried."

Den Tee, den sie ihm nach der Innenbesichtigung anboten, nahm er willig an.

"Ach ja, ich fürchte, ich bin aufdringlich." Er wollte in seine Manteltasche greifen, bemerkte, daß er den Mantel abgelegt hatte, und faßte statt dessen in die Hosentasche, zog aber seine Hand wieder heraus, ohne etwas für sie gefunden zu haben.

"Aber nicht im geringsten", versuchte Baldwin ihn aufzumuntern, "wir freuen uns, Sie kennenzulernen. Wissen Sie, wir lieben das Haus ..."

"...Sie haben es auch kaum verändert...", anerkannte der Besucher,

"...so ist es, wir liebten es sofort so wie es war."

"So wie es war...", murmelte der Alte und setzte leiser

hinzu, "...dieses Haus hat nicht immer Glück gesehen."
Lauter fuhr er fort: "Aber Unglück ist ja mindestens etwas
ebenso Normales wie Glück, normaler vielleicht noch, aber
das ist ja nicht so wichtig."

"Nicht immer Glück gesehen? Meinen Sie etwas Bestimmtes damit?" wurde Beatrice neugierig.

"Nun ja, vielleicht gibt es Dinge, die man der Vergangenheit angehören lassen sollte, die man schlafen lassen
sollten, die keinen Segen bringen."

"Die keinen Segen bringen? Wir sind bestimmt nicht
abergläubisch", versicherte Baldwin.

"Gewiß, gewiß", hielt der Besucher Abstand und
rückte auf seinem Stuhl als sei es jetzt Zeit zu gehen.

"Könnte es sein, Sie fühlten sich wohler, wenn Sie es
uns sagten?"

"Ob ich mich wohler fühlte, was sollte es darauf an-
kommen."

"Aber nun fühlen wir uns unwohl", setzte Beatrice
nach, "weil wir mit einem Geheimnis leben müssen."

"Besser, als es zu kennen." Sie schauten ihn gespannt
und eindringlich an. Kann es sein, daß solche Erwartung
eine Kraft ist, die den Betroffenen zu der Erwartung hin-
zieht, bis er sich ihr ergibt, wenn sie stärker wird als er?
Ihr Besucher war ein alter Mensch und aufgerührt und
dadurch zusätzlich geschwächt.

"Nun denn", sagte er leise, "wenn Sie es unbedingt
wissen wollen. In dem Zimmer, in dem Sie Ihr Schlafzim-

mer haben, hatten auch meine Eltern ihr Schlafzimmer. Und ihre Betten standen so, wie Ihre Betten heute stehen. Vielleicht hat vorhin schon durchgeklungen, daß meine Eltern eine unglückliche Ehe geführt haben. Tatsache ist jedenfalls, daß mein Vater meine Mutter umgebracht hat, im Bett erwürgt hat - und - und danach noch auf sie eingestochen hat, das konnte auch der Richter nicht verstehen."

"Oh Gott", entsetzte sich Beatrice, während Baldwin schwieg.

Sie erzählten Georg den Vorfall, dem er jedoch nichts anzuhaben vermochte. Schreckliches nahm er als Selbstverständlichkeit, bestätigte es doch seine Sicht der Dinge, die ihm Zurückhaltung und Vorsicht geraten sein ließ. Beatrice hingegen zeigte sich auch in den folgenden Tagen weniger beredt als sonst.

"Denkst du immer noch an diese Geschichte?" forschte Baldwin.

"Ja, schon. Auch wenn wir zu Bett gehen, sie fällt mir einfach ein."

Er sah sie an: Sie war reifer geworden, aber alles hatte sich erhalten, was er von Anfang an ihr geliebt hatte, ihre anziehende Erscheinung, ihre Klugheit und vor allem ihre Lebenskraft und Natürlichkeit. Undenkbar, daß Bea jemals einen Therapeuten aufsuchen könnte. So wunderte ihn, daß diese Geschichte ihr so lange nachhing.

"Und du", fragte sie, "denkst du nicht mehr daran?"

"Doch, ich denke auch noch hin und wieder daran. Aber ich sage mir, das ist Vergangenheit, es handelt sich nicht mal um Vorfahren von uns, sondern um fremde Menschen, die außerdem gestorben sind - was hat das also mit uns zu tun?"

"Das habe ich mir auch gesagt, doch denke ich trotzdem daran."

Er wollte es zunächst nicht wahrhaben, versuchte es dann zu überspielen, bis er sich schließlich eingestehen mußte, auch nach zwei oder drei Wochen noch war ihre Stimmung gedämpfter, als sie vor dem Besuch des Alten gewesen war. Ihrem Leben war etwas von seiner früheren Unbefangenheit genommen, schien von einem Schatten überdeckt.

In diesem Jahr müsse sie viel mehr Unkraut jäten als letztes Jahr, stellte Bea fest. Das könne durchaus mal vorkommen, beschwichtigte Baldwin, das käme auf die Witterung an, und dieses Jahr habe man nunmal ein besonders nasses Jahr. Und mehr Ungeziefer, fuhr Bea fort, es gebe mehr wurmige Äpfel als letztes Jahr, und sie faulten schneller, zum Teil schon auf dem Baum. Dafür sei nach aller Wahrscheinlichkeit das nächste Jahr wieder ein besseres, versuchte er zu trösten.

Herbststürme brachen an und heulten um das Haus. Nichts Besonderes eigentlich, auch letztes Jahr hatte es Herbststürme gegeben, doch dieses Jahr schienen sie stärker, ja, sie *waren* stärker, eindeutig. Eines Nachts, sie waren schon eingeschlafen, wurden sie aufgeschreckt durch ein Krachen, dem ein Klirren nachklang. Georg hatte ein Fenster offengelassen, das der Wind zugeschlagen hatte und dessen Glas dabei zu Bruch gegangen war.

Das Knarren im Gebälk nahmen sie deutlicher wahr als früher. Es handle sich um ein Holzfachwerk mit Holzaußenschalung, erklärte Baldwin, da knarre es nun mal häufiger als in einem Steinbau - eine Frage der Gewöhnung letztlich. Doch Bea machte zusätzliche Geräusche aus. Vielleicht seien Mäuse eingezogen, was ja nichts Ungewöhnliches sei, fand er, er werde Mausefallen stellen.

Eines Morgens dann, es ging auf Weihnachten zu, saßen sie gemütlich beim sonntäglichen Frühstück, er erkundigte sich teilnahmsvoll, wie sie geschlafen habe. Mal wieder nicht so gut, es tat ihr leid, ihn zu enttäuschen.

"Baldwin", rückte sie heraus, "ich habe schon ein paarmal darüber nachgedacht: Was hältst du davon, wenn wir unser Schlafzimmer verlegen, mit deinem Arbeitszimmer tauschen?"

"Immer noch diese Geschichte?"

"Ich werde einfach die Vorstellung nicht los, wie der Mann auf seine Frau eingestochen hat, ungefähr da, wo ich liege. Es ist unsinnig, aber es ist nun mal so."

Bea schlief im neuen Schlafzimmer besser, aber noch immer nicht so gut wie früher. Eine komische Geschichte, wirklich, ging ihm durch den Kopf, war er selbst ganz frei von ihr? Was wäre wohl gewesen, wären sie statt in dieses Haus in eine Burg eingezogen, in deren Keller gefoltert und hingerichtet worden war? fragte er Bea. Wäre sie eingezogen, hätte sie das vorher gewußt? Das könne sie so abstrakt nicht sagen, meinte sie, aber es könne schon sein, daß sie deshalb nicht so gerne eingezogen wäre. Und wenn in diesem Haus, in dem sie jetzt wohnten, jemand an Altersschwäche gestoben wäre? Das würde ihr nichts ausmachen, denn Sterben sei so normal wie Geborenwerden.

Die Geschichte mit dem Alten erzählten sie im Freundeskreis. Die Frauen fühlten wie Bea, manche Männer sagten, so etwas berühre sie nicht, es blieb aber offen, ob diese Antwort ihrem wahren Empfinden entsprach oder ihrem Bedürfnis, Mut und Männlichkeit zu zeigen. Ein altes Haus als Gewachsenes sehen, das Freud und Leid gleichermaßen beherbergt hatte? Dann gehöre dieser Vorfall, dieser Mord, doch auch zum Gewachsenen, sagte einer. Das möge sein, aber dann schätze sie eben nur das schön oder zumindest erträglich Gewachsene, entgegnete Bea, normalerweise würden Frauen auch unter Männern die schöngewachsenen den häßlichen vorziehen. Dann könntest du niemals einen Mörder lieben? Vielleicht wenn er aus Liebe getötet habe. Gehöre zur Romantik nicht auch der Tod? Vielleicht schon, aber nicht der Mord. Der Tod aus Liebeskummer? Der schon eher.

Der Besuch des Alten trat zurück, doch die Zeit

überdeckte ihn lediglich. Was im Schlafzimmer sich einst ereignet hatte, konnte Bea nicht vergessen wie einen überstandenen Schnupfen, auch wenn die Geschichte noch so betulich behandelt und noch so verstandesfreundlich verpackt worden war. Sie stieg aus nichtigem Anlaß wieder in ihr auf, war nicht zu kontrollieren, geschweige denn auszumerzen - sie störte dauerhaft. Mußte sie sich dem aussetzen? fragte sie sich eines Tages, an dem es unvermittelt kühler geworden war. Nein, mußte sie nicht, mußten sie beide nicht.

Es gelang ihnen, ein Häuschen zu finden, nicht so alt und kaum romantisch, aber mit genug Platz für ein weiteres Kind, falls sie es bekommen sollten, und für Georgs Eisenbahn.

Sie lebten sich ein im neuen Heim. Auch das Quäken des zweiten Kindes störte Georg nicht. Er konnte nicht mehr so traulich im Garten sitzen wie früher, weil die Nachbarhäuser näher standen und eines davon Einblick hatte, aber das war unbedeutend gegenüber der Tatsache, daß er für seine Eisenbahn über bald zehn Quadratmeter mehr Platz verfügte - und gegenüber der anderen, daß ihm in seinem erstgeborenen Neffen ein begeisterter Mitspieler heranwuchs, der, von seinem Onkel wohlgelitten, geliebt vielleicht sogar, sich bei ihm entfalten durfte, auch wenn er elektrisch zu bedienende Signale von Hand verstellen wollte oder nach fahrenden Zügen griff, um sie anzuhalten.

"Hätten wir die Vorbewohner fragen sollen, was in diesem Haus sich zugetragen hat?" neckte Baldwin eines Abends Bea.

"Nein, natürlich nicht." Sie hingen ihren Gedanken nach.

"Weißt du, wozu ich Lust hätte?" fiel ihm ein, "einen Blick zu werfen auf unser altes Haus! Wir haben es nie wieder gesehen."

"Warum nicht", stimmte Bea zu.

So fuhren sie an einem überwiegend heiteren Sonntagnachmittag die paar Kilometer zu ihrem alten Haus, stellten das Auto in einiger Entfernung ab, um sich zu Fuß zu nähern. Auf dem Weg entdeckten sie ein neues, modernistisch gebautes Haus, sonst aber gab es keine Veränderung, auch die Stimmung in der Straße war geblieben. Es gibt Straßen, fiel ihm auf, in denen an Sonntagnachmittagen die Ruhe dröhnt. Auch wenn ein Auto herfährt oder wegfährt, wenn ein Hund bellt, oder wenn in einem Garten Kinder spielen, an Sonntagen unterstreichen diese Geräusche nur noch die Ruhe der Straße. Und Katzen scheinen sonntags langsamer auf Gartenmauern zu spazieren als sie das werktags tun.

Umgeben von dieser beinahe aufdringlichen Ruhe, näherten sie sich ihrem alten Haus: Nicht abgerissen, trotz des großen Gartens, kein Immobilienhai hatte gierig seine Hand danach gestreckt. Es wirkte bewohnt, doch nichts regte sich. Nachdem sie es samt Garten ausgiebig betrachtet hatten, gingen sie die Straße weiter, um nach einiger Zeit umzukehren und nochmals einen Blick zu werfen auf das alte Haus: Ein Traum, nach wie vor ein Traum, wußte man von seinem Schatten nichts. Und in diesem Traum bewegte sich jetzt ein Mann mit Brille und angegrautem, auf dem Hemdkragen aufstehendem Haar, in zerknitterten Hosen, offenem Hemd, das Genick ein wenig eingezogen. Er kraulte einen Hund, um dann einen Stecken zu werfen, dem der Hund bellend hinterherrannte. Beim nächsten Wurf lief der Hund in die Nähe des Gartentores, bemerkte die davor Stehenden und schlug an. Der Mann blickte zum Gartentor und verhielt unschlüssig. Bea zog Baldwin am Ärmel weg, worauf er außer Hörweite fragte:

"Du wolltest nicht 'rein?"

"Hm. Wären wir mit dem Mann ins Gespräch gekommen, hätten wir sagen müssen, wir haben hier gewohnt. Und hätte er gefragt, warum wir nicht mehr hier wohnen, hätten wir ihm die Geschichte erzählen müssen." - "Und damit hätten wir ihm sicher nichts Gutes angetan."

Der Garten war ähnlich verwildert, wie sie ihn damals angetroffen hatten. Das Haus kam Bea kleiner vor, als es ihr in Erinnerung geblieben war. Ob es ihm auch so gehe, fragte sie. Genauso, antwortete er. Ansonsten aber fanden sie alles unverändert. Das Haus war eingewachsen, verträumt, verwunschen, wie man es in Romanen liest, wenn in ihnen Idylle beschrieben werden soll. Und die Dachgauben lugten wie früher bescheiden, aber auch lieb vorwitzig auf die Bäume, durch sie hindurch und an ihnen vorbei. Dachgauben, die nicht ausschlossen, daß eines ihrer Fenster jederzeit zaghaft geöffnet werden konnte, um ein freundlich weltfremdes Gsicht erscheinen zu lassen - oder zumindest nicht ausschlossen, daß unversehens sich hinter ihnen etwas bewegte.

Ausblick

Im Grunde wußte man nicht, wohin man schauen sollte. Schaute man auf Gegenstände, ließ sich nichts ableiten aus ihnen. Denn für sich gesehen, blieben sie belanglos, die gewaltigen Bücherregale, die Stühle und die Sessel, die Teppiche, die Blumenständer, die Tische mit Briefschaften und Dokumenten. Vielleicht waren es die hohen Fenster, die dem Raum Atmosphäre gaben, sie erinnerten an eine Kathedrale. Auch der Plafond wölbte sich so weit entfernt wie manche Kirchendecken sich wölben, bemalt in weichen Pastellfarben, mit Ornamenten und dickschenkligen Barockengeln, pausbäckig jauchzend in sinnlicher Unschuld. An den Längsseiten und an der Stirnseite des Saales zog sich eine Empore mit einem Vorbau, der aussah wie eine Kanzel. Auf ihm unterhielten sich zwei Herren in schwarzen Anzügen, weißen Hemden und dunklen Bindern, mit Monokel der eine. Zurückhaltende, aber präzise Gesten verliehen dem Gesprochenen Nachdruck. Auch die übrigen Herren im Saal waren feierlich gekleidet und ließen ahnen, was sie fühlten: Wievielerlei Menschen es auch geben mag auf dieser Welt, sie, die Anwesenden, zählten gewiß zu den Fortgeschrittensten. Und der Saal unterstrich die abgezirkelte Würde ihres Tun und Lassens.

Sein Blick fiel auf drei sich unterhaltende Herren, bei

denen eine Frau stand, nur mit einem von der Taille bis zum Boden reichenden Rock bekleidet und mit einer Halskette. Ansonsten beeindruckte sie durch ihren schwellenden Busen und durch übergroße Augen, die unbestimmt in die Ferne gerichtet waren. Sie schien zu diesen drei Herren zu gehören und doch auch wieder nicht. Jedenfalls stand sie einen halben oder ganzen Schritt abseits von ihnen, nahm mit Sicherheit nicht an ihrem Gespräch teil, schien nicht einmal zuzuhören. Die Herren ließen nicht erkennen, ob die Frau mit ihnen zu tun hatte oder mit sonst jemandem im Saal, sie nahmen keine Notiz von ihr, und die Frau auch keine von ihnen.

Noch mehr Frauen standen barbusig in ähnlicher Haltung, einige von ihnen in so dünner Umhüllung, daß je nach Lichteinfall die Konturen ihrer Beine zu erahnen waren. Auch sie trugen herrliche Brüste, auch ihr Blick war in die Ferne gerichtet, auch sie schwiegen, waren anwesend nur. Eher abwesend, schien ihm, vielleicht an- und abwesend zugleich.

Durch eine entfernte, portalähnliche Türe bewegten sich ähnlich gekleidete Frauen in den Saal, lautlos, als gingen sie auf Luft, allen traute man zu, sie könnten entschweben ohne eine Spur zu hinterlassen, es sei denn einen schwachen Luftzug. Deshalb - und nicht wegen ihrer nackten Brüste - mußte er immer wieder zu den Frauen hinschauen und sich vergewissern, ob sie noch da waren.

Auf der Brüstung der Kanzel, die beiden würdig angezogenen Herren auf ihr unterhielten sich noch immer, sah er nun eine gänzlich unbekleidete Frau sitzen, ihre Beine hingen dem Saal zugewandt zwanglos herunter, mit einer Hand stützte sie sich auf der Brüstung ab, mit der anderen faßte sie in ihr volles Haar und blickte durch ein Fenster in die Ferne. Wie alle anderen Frauen auch, schien sie nicht in die Ferne zu schauen, um Vögel oder Menschen, um Bäume oder Berge zu entdecken, sondern um der Ferne willen.

Tante Theas Traum

"Ein großes Gastmahl war angesagt, altsüdamerikanisch, in unübersehbar vielen Räumen. Die Pracht des Barock und des Rokoko mengte sich mit spanischem Holzwerk in sich kreuzenden Mustern, das in Form von Balustraden, Emporen und Wandschränken einen finster-festlichen Gegensatz ergab, den aber nur wenige Gäste erfühlten. Mehr ins Auge fielen die kristallnen Kronleuchter, wohl zwei oder drei Meter durchmessend, die prächtigen Wandleuchten vor rotem und gelbem Samt, die kostbaren Spiegel, deren Widerschein die goldenen Bestecke und Kerzenständer schimmern und glitzern ließ.

Die Diener steckten in weißen Wadenstrümpfen und engen gelben Satinhosen, die mancher der Gastdamen einen versteckten Blick abnötigten. Weiße Rüschen zierten ihre Fräcke, gelocktes, hell gepudertes Haar umschmeichelte ihre Köpfe, die sie mit unterwürfiger Würde senkten. Auch weibliche Bedienstete waren in der Tracht jener Zeit zu sehen, doch trugen sie von den Tischen nur ab, während die Diener auftrugen, hoch und gewandt die Tabletts balancierend. Sie schritten über Böden, ganz und gar mit Leinwänden ausgepannt, auf denen alte Portraits zu sehen waren. Sie verwirrten mich einen Augenblick, was sollte das auf sich haben, die Ahnen mit Füßen zu treten entgegen jeder Tradition?

Doch vergaß ich meine Verwunderung angesichts der erlesenen und wundervoll polierten Möbel. Denn ich hatte Trommelschlegel mitgebracht, und mich drängte, mit ihnen auf diesem und jenem Möbelstück einen nicht aufdringlichen, aber doch vernehmlichen Trommelwirbel zu schlagen. Das gehörte sicher zu den Gepflogenheiten hier, ganz besonders während eines so herrlichen Gastmahls. So schlenderte ich von Raum zu Raum, durch Säle meist, setzte hier ein paar Takte, schlug dort ein Tremolo, oft mit überraschender Resonanz. Manche riesige Möbel gaben einen scheppernden Ton von sich, während kleinere, bauchige meine Bemühungen mit warmen Klängen lohnten. Sie flossen ein in die Stimmung der Gäste, die freudig erregt aufeinander einsprachen. Und mal verklang ein Trommelwirbel scheinbar ungehört, und mal gedieh einer zur gelobten musikalischen Köstlichkeit. Im Raum des Herrschers und Gastgebers angekommen, ermahnte mich dieser leutselig, nicht gar zu kräftig auf die alten Möbel einzuschlagen, ich solle noch was übrig lassen von ihnen, meinte er und lächelte.

Irgendwann hatte ich alle Räume mit meinen Wirbeln beehrt, zwischendurch auch gegessen und getrunken, gesessen und gestanden, mit einem Glas in der Hand oder mit einer Zigarette, hatte hier etwas gesagt und dort etwas bemerkt, als ich in den letzten Raum gelangte, kleiner als die vorherigen und kärglich ausgestattet. An einem Tisch stand der Kassierer, dem ich einen Louisdor gab. Obwohl er nicht rausgeben mußte, gab er raus in kleinen Münzen und sagte beiläufig: ‚Nachher wirst du sterben.' Und ein Besucher neben mir meinte ebenso beiläufig: ‚Das wird wohl nicht so tragisch werden.'

Ich ging zurück in die Festräume, wahrscheinlich wollte ich geschützt bleiben, und bemerkte eine kleinere Tafel, an der ein Platz frei war. Und zwar am oberen Halbrund des Saales mit dem Rücken gegen die Wand, von wo aus ich alle Abläufe beobachten könnte. Eine heller, lächelnder Prinz saß in der Nähe, der mir mit Sicherheit gewogen wäre. Doch kaum hatte ich mich gesetzt, rutschte ich ab und fand mich auf dem Boden wieder, nun die Gäste von unten erblickend, von den meisten jedoch nur ihre Beine. Unvermittelt, ich war unter dem Tisch hervorgerutscht, sah ich eine schwarzgekleidete Frau vor mir, groß und übermächtig. Mit unbeweglichem Schicksalsgesicht kam sie auf mich zu, umfaßte mit beiden Händen ein schwarzes Wurzelholz und richtete es gegen mich."

Reise mit der katalonischen Bahn

Der Vorreisende und er saßen im ersten Wagen. Da der Zug hinten oder in der Mitte angetrieben wurde, hatten sie freien Ausblick nach vorne. Doch nicht sie allein, auch manche Mitfahrende konnten vor den Zug sehen, in den Wagen waren nämlich Erker ausgebaut, die in einem annähernd rechten Winkel zur Fahrtrichtung standen, verglast waren und somit den Insassen einen Blick ermöglichten auf das Gelände, das vom Zug überfahren werden sollte. Freilich war nicht von allen Erkern aus eine gleich lange Strecke zu übersehen, denn sie ragten verschieden weit hinaus. Man sagte dazu ganz einfach: Große und kleine Erkerchen. In jedem Fall wurden sie aber nicht "Erker", sondern "Erkerchen" genannt. Wahrscheinlich, so dachten der Vorreisende und er, sollte darin das vertraute Verhältnis zwischen den Erkerchen und den Reisenden anklingen, die versuchten, sich gut mit dem Unwohlsein zu stellen, das sie um so stärker befallen konnte, je weiter sie die Fahrstrecke zu überblicken vermochten. Dieses Unwohlsein versuchten sie zu mildern oder zu bannen - eben mit Hilfe des "chen" am Ende der Erker. Hätte der Vorreisende mit einem der Mitreisenden darüber gesprochen, wäre er verblüfft angesehen, vielleicht sogar belächelt worden. Aber sobald der Vorreisende sich abgewandt hätte, wäre dem Mitreisenden ungut aufgestiegen, daß dieses Unwohlsein nicht aus der Luft gegriffen war. Es kam, löste sich auf, bildete sich neu, mal schwächer, mal stärker, niemand wußte, nach welchen Regeln oder wie sonst zu bezähmen.

Er erwachte aus einem flachen Schlaf, nachdem das Tack-tack der Räder und das Schlingern des Wagens einige Erlebnisreste verscheucht hatten, die im dämmrigen Niemandsland zwischen Schlaf und Wachen nicht gewußt hatten, wohin sie sich wenden sollten. Er blickte aus der Kanzel, um sich die Landschaft zu besehen und im besonderen den vom Zug zu befahrenden Weg. Er gewahrte eine geschlossene Schneedecke, die sich naßgrau vor seinen Augen dehnte, und schaute, wohin das Geleise führen sollte. Sicher durch die vor ihnen liegende Schneise, eine andere Möglichkeit schien ausgeschlossen, denn rechts und links der Schneise standen reglos schwarze Bäume, nicht sehr dicht beieinander, aber immerhin so eng, daß ein Zug kaum hindurchfahren konnte. Er verfolgte die Strecke von der Schneise bis her zum fahrenden Zug, sah jedoch weder Geleise noch Fahrspuren. Offenbar hatte hier seit dem Schneefall und dem anschließenden Tauwetter kein Zug mehr verkehrt. Das verschwimmende Tageslicht fiel aus allen Richtungen, vielleicht konnte er deshalb keinen Bahndamm entdecken. Er kniff die Augen zusammen und besah angestrengt den Boden vor dem dahinschlingernden Zug: Nein, weder Bahndamm noch Geleise waren zu sehen, obwohl der Schnee, wie er jetzt an einigen senkrecht abfallenden Steinen beobachten konnte, nur ein oder zwei Handbreit hoch lag. Mußte das Geleise dann nicht schwarz durchschimmern? Oder Schatten werfen? Während er sich darüber Gedanken machte und zerstreut aus dem Fenster sah, fanden seine Augen einen unerwarteten Halt. Was ist das, da vorne in der Mulde? Das sind doch zwei nebeneinander laufende Schatten? Der Zug kam näher, er sah gespannt in die Mulde, doch die Schatten wurden nicht deutlicher, im Gegenteil, sie verflüchtigten sich, falls es sie gegeben hatte, und nach wie vor breitete sich vor ihm eine naßgraue Schneedecke aus, die weder Fahrdamm noch Geleise anzeigen wollte. Vielleicht war das allseitige Licht daran schuld, dachte er, oder der Schnee lag gerade auf dem Fahrdamm etwas höher - oder da, wo der Bahndamm sein sollte. Nein, nein, ein Geleise mußte vorhanden sein, woher sonst sollte das metallne Tacktack rühren, jedesmal wenn die Räder auf ein neues Schienenpaar wechselten. Tacktack, erst kräftig unter ihm, dann schwächer hinter ihm.

Inzwischen hatte der Zug die Mulde durchfahren und schnaufte den Hang zur Schneise hinauf, deren Kuppe sich abhob vor dunstigen Wolken. Gleich mußte man über sie hinwegsehen können, nur noch wenige Meter. Da bemerkte er, daß es sich nicht um eine Kuppe handelte, sondern um einen Grat, der überhing, ihm entgegen überhing, so ähnlich wie eine am Strand sich bäumende kleine

Woge, bevor sie in sich zusammenfällt. Etwa ein halber Meter trennte ihn noch von dem Grat. Der Zug fuhr nun in Schrittgeschwindigkeit, ein Geleise war auch jetzt nicht zu sehen. Der vordere Teil des Wagens mußte bereits über den Grat hinweggefahren sein, jetzt mußten die Räder, da: es knackte, plumpste und rüttelte, und der Zug fuhr weiter, langsam zwar, aber er fuhr weiter. Und nachdem alle Wagen den Grat überwunden hatten, nahm er bald seine gewohnte Geschwindigkeit wieder auf. Seine Spannung klang ab, er setzte sich und ließ sich einlullen vom gewohnten Tacktack - Tacktack.

Es mochte Nachmittag geworden sein, als er merkte, daß Weichen und Kreuzungen überfahren wurden. Kurz danach hielt der Zug vor einem ausgedehnten, hüttig aussehenden Bahnhof. Er schulterte seinen Hängesack, stieg aus und stand auf einem der Bahnsteige, die erhöhten Feldwegen glichen. Zwischen den Bahnsteigen lagen Geleise, an deren Vorhandensein nun nicht mehr zu zweifeln war. Befriedigt stieß er mit seinem Stiefel gegen sie. Weit verstreut standen Reisende oder gingen auf und ab. Meist mit gesenktem Kopf und langsamen, selbstverständlichen Schritten, als habe alles seine Richtigkeit. Manchmal hob einer den Kopf und schaute prüfend in die Ferne, die jedoch nichts zu erkennen gab. Die meisten waren wetterfest angezogen, trugen derbes Schuhzeug und verblichene Gepäckstücke. Gesprochen wurde so gut wie nicht.

Er fing an, hin und her zu gehen, Schritt für Schritt, Stunde für Stunde. Unter den Wartenden begegnete er regelmäßig einem älteren Mann mit Pelzmütze, der die gleiche Strecke wie er auf und ab ging, jedoch in jeweils entgegengesetzter Richtung. Bei einer erneuten Begegnung blickte er schließlich auf, worauf der mit der Pelzmütze verhielt und ihn abwartend, doch verständnisvoll ansah. Baldwin fragte, ob wohl mit einem Zug zu rechnen sei. Er wußte, die Frage war im Grunde überflüssig, doch wollte er als Neuangekommener nicht unbescheiden sein. Der Mann mit der Pelzmütze sah ihn wohlwollend an, als er antwortete, er wisse es nicht, auch die anderen Wartenden wüßten es wohl nicht, doch hofften sie alle. Zufrieden, den üblichen Gruß ausgetauscht zu haben, nahm jeder seinen Gang wieder auf.

129

IV

V